Stephan Peters

Minty geht fremd!
3 verrückte Liebesgeschichten
im weihnachtlichen Gerresheim

1. Auflage 2020

© *Gerricus Verlagsgesellschaft GbR (Düsseldorf)*

Gerricus
Verlagsgesellschaft GbR

Umschlaggestaltung: Wine van Velzen
ISBN: 978-3-00-067028-2

Stephan Peters

Minty geht fremd!
3 verrückte Liebesgeschichten
im weihnachtlichen Gerresheim

Heiligabend mit Cher

Schnee, wohin man blickte, nichts als Schnee. Der Winter hatte Gerresheim voll im Griff, und ich steuerte einer Winterdepression entgegen. Die Flocken tanzten um die Basilika herum, scheinbar ohne zu fallen. Die Bänke am Gerricusplatz waren weiß bedeckt, und ab und zu ragte noch ein Holzarm aus dem Begräbnis hervor. Krähen krächzten ihr finsteres Lied, und ich fröstelte in der Einsamkeit. Ein düsteres Nichts, gespenstisches Leben, die Welt in grauweißer Watte eingehüllt. Der Nebeldunst hing über dem Wald, der ebenfalls in Schnee verpackt war. Der eisige Wind heulte mir um die Ohren, die im scharfen Schmerz bereits brannten. Der Historische Brunnen war natürlich auch eingeschneit und ähnelte einem riesigen Leichenfinger, der auf mich zeigte. Meine Glieder waren gelähmt, und in den Kragen tropfte eiskaltes Wasser rein. Ich schauderte wieder. Dann kam noch der Todesmonat November hinzu, und ein einsames Weihnachtsfest wartete auf mich. Niemand leidet mehr als Männer, vor allem ich. Wir können im Selbstmitleid nur so baden.

Ich hatte noch mit dem Ende einer unglücklichen Beziehung zu kämpfen, und mir fiel ein, dass Liebe nicht darin besteht, zu zweit am Strand zu liegen, um den südländischen Sonnenuntergang zu betrachten. Sondern Liebe war für mich, einfach zusammen auf der Couch zu liegen, in die Glotze zu gucken und sich gegenseitig die Spaghetti vom vergammelten T-Shirt zu zupfen. Mein Hang zur Melancholie wurde durch Sarkasmus einigermaßen wettgemacht, Ironie, die mich am Leben hielt. Bei meiner Chefredakteurin galt ich als schwierig und unkooperativ, labil und eigensinnig. Vor allem machte mir damals die Hektik in der Redaktion zu schaffen, und die meisten Themen interessierten mich nicht. Meine Chefin Katinka Dragomirow, oder wie sie hieß, nervte mich am meisten. Sie hatte einen Charme wie der einer schwedischen Seeküste, wenn es Winter ist. Es ist schon ein paar Jahre her, aber manchmal bekomme ich noch Alpträume aus dieser Zeit. Katinka kam aus Bulgarien, glaube ich. und war in direkter Linie mit Iwan dem Schrecklichen verwandt. Sie sagte immer, dass sie mit einem Ölmagnet verwandt sei, wobei sie natürlich Ölmagnat meinte. Sie konnte einem das Leben zur Hölle machen. Hier ein Beispiel:

Chefin, ich habe ein großes Problem!

Katinka: Dann bist du so gut wie gefeuert! (Mein Blick war sprachlos). Weiter sagte sie: Markus, ich fange mit der Logik an, das Wort Logik kannst du ja mal nachgoogeln. (Ihr Blick war furchterregend!). Dein Problem, lieber Mark, war ja anfangs ganz klein, denke ich. (Ich nickte verzweifelt). Sie weiter: Wenn das Problem also klein war, warum hast du das dann nicht sofort gelöst? Du bist also nicht in der Lage, ein kleines Problem zu lösen, lässt es größer werden und fällst mir damit auf den Wecker! (Blitze in den Augen in meine Richtung). Mach`dich vom Acker!! Ich bekam Schnappatmung, knallte die Tür hinter mir zu und hörte den Aschenbecher dagegen knallen. Es war auch nicht viel besser, als ich ihr ein Hotel in Montevideo buchen sollte. Es stellte sich aber heraus, dass Katinka dachte, Montevideo liegt in Spanien und nicht in Uruguay. Sie hat mir das Leben zur Hölle gemacht, weil der Flug einfach nicht enden wollte. Ich schrieb einmal den Satz (war es für die WZ?): „Sie passten zwar nicht zusammen, aber sie kamen gut miteinander aus." Viele Leser, die kurz davor waren, sich scheiden zu lassen, waren begeistert! Danach trudelten Dutzende Dankesbriefe bei mir ein. Ich hatte Ehen gerettet, vor allem hat mein Satz vielen Lesern noch mehr Kosten und Nerven erspart. Diese Worte retteten mich zumindest vor dem sofortigen Rauswurf, aber so konnte es nicht weitergehen.

Auch mein Internist riet mir damals dringend, den Beruf zu wechseln oder zu einem kleineren Blatt zu gehen. „Herr Keller, was ist Ihnen lieber? Einen Nachruf auf Sie in ihrer eigenen Zeitung zu bekommen, oder halt kürzer zu treten? Wenn Sie so weitermachen, gebe ich Ihnen nur noch höchstens zwei Jahre." Vor Schreck überlegte ich, dass ich vorhin vollgetankt hatte, die Hälfte hätte vielleicht auch gereicht. Ich wartete nur noch darauf, dass er sagen würde: „Nehmen Sie sich für heute nichts mehr vor – es lohnt sich nicht mehr." Ich habe diese Welt schon immer verachtet, aber sie ist der einzige Ort, wo man Champignonschnitzel mit Pommes essen kann. Der Appetit darauf ist mir nach der Visite schnell vergangen. Der Arzt riet mir auch, keinerlei Alkohol mehr zu trinken, ich solle mich auf grünen Tee oder Ingwerdrinks beschränken. Was nützt mir ein längeres Leben, wenn ich laufend dieses Gesöff schlucken muss?

Ich entschied mich für Schlichtheit, und dafür, meinen Alkoholkonsum von täglich zehn Korn und acht Bier auf die Hälfte zu reduzieren. Ausgerechnet kurz vor Weihnachten stellte mir der Doktor diese niederschmetternde Diagnose. So kündigte ich meine gut dotierte Stelle und verdingte mich als Freiberufler. Uppss … Gar nicht so einfach. Aber wenn ich an mein erspartes Geld rangince, könnte ich locker zwei Jahre davon leben! Vorausgesetzt, mein Name ist Mahatma Ghandi und ich ernähre mich täglich von einer Handvoll Reis und abgestandenem Wasser. Dann hatte ich noch mein teures Loft auf der Pfeifferstraße im Nacken, das ich schnellstmöglich loswerden musste. Voller Entsetzen sah ich mich von Makler zu Makler und von Wohnung zu Wohnung eilen – kurz vor Weihnachten!

Oh- wie war ich am Boden zerstört! Ich habe weder Eltern noch Freunde (alle lebten noch, wollten aber nix mehr mit mir zu tun haben!), aber wenn Sie mich kennen würden, wüssten Sie, warum. Ich bin in mittleren Jahren, nicht gerade groß und sehe wie ein Bücherwurm aus. Dann ständig die gebeugte unzufriedene Haltung, die Hände in den Taschen, die Halbstiefel sind viel zu groß und dick und dann noch meine schreckliche dicke Hornbrille. Ich grübele gerne, meckere über alles und jeden, sehe niemanden (es sei denn, ich arbeite als Journalist), und alle machen einen Bogen um mich. Und wenn ich mich im Spiegel sehe, möchte ich losheulen. Ich suchte eine Imageberaterin auf, nur um mich aufzupeppen. Aber nach drei Tagen habe ich sie gefeuert, weil sie nicht attraktiv genug war. Es ist hoffnungslos mit mir!

Und nun standen die Feiertage bevor. Was tun? In Gerresheim gibt es ab neunzehn Uhr sowieso nur staatlich verordnete Langeweile, noch mehr zu Weihnachten, und das Chloroform wird gleich mitgeliefert. Sex, Drugs und Rock `n Roll kann man nur im TV genießen. Oder man wartet auf den Schützenball im Frühjahr. Natürlich lieben wir unser wunderschönes Dörfchen, alle Gerresheimer, aber am frühen Abend ist es ruhig wie in einem Kurort.

Gegen fünfzehn Uhr wollte ich in die Basilika Sankt Margareta gehen – geschlossen. Nur die Orgel war zu hören, wahrscheinlich übte der Chorleiter, Herr Wallrath, schon mal die Festtagslieder für Heiligabend. Ich gehörte auch zum Chor, aber meine miesepetrige Stimmung zog alle Sänger und Sängerinnen in den Abgrund. Die Straßen waren menschenleer, sieht man von den ewigen Radfahrern ab, die in Höchstgeschwindigkeit urplötzlich an einem vorbeirasen. Lesen Sie mal im Alten Testament nach: Als Plagen werden Heuschrecken, Ameisen, Würmer und Fahrradfahrer genannt. Ach ja – auch die Laubbläser, die ganz vorne auf der Horrorliste der Bibel stehen. Alle Wärme und alles Glück blieben in den berühmten vier Wänden eingeschlossen, und ich – ausgeschlossen. Ob mir ein Spaziergang guttun würde? Da ich darin – wie in fast allem, ungeübt bin, wanderte ich die steile Serpentine hoch bis zum Rotthäuser Weg. Dorthin, wo die teuren Villen stehen. Der Blick ins Bachtal war atemberaubend, das musste ich schnaufend zugeben, denn die Strecke hatte mich, Ungeübten, einfach geschafft. Die Zigaretten taten ihr übriges, aber nachdem ein Bekannter von mir damit aufgehört hatte, weil er die Treppe nicht mehr hochsteigen konnte, ließ ich es bleiben. Grund: der gute Mann kommt noch immer nicht die Treppen hoch, weil er nach dem Entzug dreißig Kilo zugenommen hatte.

Im Tal gab es Fischteiche, Bauernhäuser, jede Menge

Vieh und Weiden, das indes mit Schnee überdeckt war. So ging ich zum Oberen Gerresheimer Friedhof, woran Sie sehen können, dass ich ein eingefleischter Masochist bin, der mittlerweile eine Weihnachtsdepression bekam. Ich wollte ja Stimmung haben, und wo war ich? – auf dem Friedhof. Davor ist ein Parkplatz, aber es gab nur einen klapprigen roten Wagen, der inzwischen vereist und eingeschneit war. Ich konnte ein paar Fußstapfen erkennen, die bis zum Friedhofstor führten. Das große Gitter öffnete sich quietschend, wie es sich gehört. Sie sollten auch erfahren, dass ich mir vor einer Stunde einen Flachmann am Büdchen neben dem Ärztehaus gekauft hatte. Ich kam mir total asi vor, aber ich hatte etwas gegen die Tristesse und die Kälte.

Überall waren verschneite Gräber und Krähen, die sich stritten. Leichter Nebel lag über der düsteren Szenerie, und eine weibliche trauernde Statue beugte sich hinab zu einem Teich. Alles war mit Moos überwachsen, und es schneite schon wieder. Die Stille war absolut, sogar das Gezänk der Vögel blieb für mich stumm. Überall Zeugen von Trauer und Verlassenheit, genau mein Ort!

Und plötzlich sah ich sie!

Zunächst dachte ich, sie sei eine weitere trauernde Statue, eine filigrane Frau, die auf einem eingefallenen alten Grabstein sitzt. Das Gesicht war wunderschön, wie Porzellan, so, als hätten Raffael und Renoir gemeinsame Sache gemacht. Bewegungslos malte sie, doch dann beugte sie sich leicht nach vorn. Die Fremde war größer als ich (was kein Wunder ist), hatte ein schwarzes Cape an, und die weinroten Haare lagen auf ihrer Schulter. Sie war stocksteif, aber plötzlich fiel ihr der Kohlestift auf den Boden, und die Statue wurde zum Mensch! Zunächst hatte ich den Flachmann in Verdacht. Langsam schlich ich in ihre Nähe und hob den Kohlestift auf. Und die Statue sagte einfach: „Danke!" Ich muss zugeben, dass sie so schön gar nicht war. Sie war apart, etwas maskulin oder jungenhaft vielleicht. Aber was rede ich da für einen Schmarrn. Die Schöne trug eine gelbe Cordhose mit einem schwarzen Pulli darüber und hatte alte Stiefel an. Der dunkelblaue Schal flatterte im Schnee, und ich versank in ihren grünen Augen. Ich wusste gar nicht, was ich sagen sollte. So preschte ich unbeholfen vor: „Ist Ihnen nicht kalt?" Sie schüttelte den Kopf und sagte:

„Ich habe vorhin einen Cognac getrunken, und Sie haben auch eine Fahne." Sofort wurde ich knallrot. Schweigen. Peinlich. Ich räusperte mich:

„Was malen Sie da eigentlich?" Nun wurde es noch dunkler. Ich kannte mich oben auf dem Friedhof zu Gerresheim kaum aus und sah mich schon als Titelstory in der Zeitung: Mann erfroren auf dem Friedhof! Ein furchtbares Weihnachtsgeschenk!

„Ist er nicht schön?", antwortete die Statue. Sie blickte auf einen schwarzen Grabstein, der so gut wie zugeschneit war, aber man konnte immer noch das Foto darauf erkennen. Sein Name war Daniel. Der Grabspruch lautete: Sinnlos ist ein Leben ohne Unsinn. Mehr war nicht zu erkennen, denn Schnee, Blätter und Moos hatten alles überdeckt. Der junge Mann hatte ein wunderschönes kühnes Gesicht mit schwarzen, lockigen Haaren, ich schätzte ihn auf Mitte dreißig. Und genau dieses Motiv hatte meine Statue gezeichnet. Ich fragte: „Wer ist das?" Sie schwieg betroffen und hatte den schönen Mund fest verschlossen. Man muss nicht immer den Knall hören, wenn eine Türe zufällt. Krampfhaft versuchte ich, das Thema zu wechseln. Die Friedhofpforte quietschte noch lauter, da der Wind zugenommen hatte. Ich schlug meinen Mantelkragen hoch. Mich schauderte in der einsamen Zweisamkeit, die von der Malerin nach ihrem Schweigen endlich unterbrochen wurde. Leise sagte sie:

„Wenn das Bild fertig ist, nenne ich es Und ich stand dawie erstarrt! Ich weiß auch nicht, wer das ist. Aber jedes Mal, wenn ich hier bin, sehe ich eine traurige kleine Asiatin neben dem Grab stehen, um es zu pflegen. Wenn es ihr Sohn ist, befindet sie sich in der Hölle." Ich antwortete:

„Das Dumme ist, dort kommt sie gar nicht mehr heraus." Meine Fremde sagte:

„Nein, aber die Hölle wird etwas kälter, doch sie bleibt." Danach zog sie fröstelnd die Schultern nach oben und rieb sich die filigranen Hände, die bereits rot angelaufen waren und meinte: „Mich friert jetzt selber, und es wird dunkel. Sind Sie etwa zu Fuß gekommen?" Ich nickte. „Dann nehme ich Sie einfach mit in mein Auto. Es ist zwar achtzehn Jahre alt, aber der Opel kommt noch einigermaßen die Serpentine rauf." Ich hatte richtig kombiniert, als ich vor dem einsamen Wagen stand. Plötzlich streckte sie mir ihre eiskalte Hand hin: „Tanja. Mehr nicht, das müsste Ihnen genügen." Ich machte wie ein Schüler einen Diener und sagte:

„Markus. Meinen Sie, Sie können dieses überaus exotische Wort aussprechen?" Tanja sagte lächelnd:

„Wir können es ja zusammen üben. Sie sind, glaube ich, ein komischer Vogel. So ganz allein um diese Zeit?" Schweigen. Die Abfahrt auf der schmalen und rutschigen Serpentine Richtung Sana-Klinik war abenteuerlich. Ich hielt mich wie ein Primaner am Sitz fest, denn Tanjas Fahrstil war ebenso atemberaubend wie ihr Äußeres. Der Wagen war mit leeren Dosen und Flaschen übersät. Überall lag etwas herum, und ich musste den Beifahrersitz von Krümeln säubern. Ich dachte: Wenn man im Winter auf dem Friedhof seiner großen Liebe begegnet – ob das der richtige Ort für eine wunderbare Zukunft ist? Aber es war ja noch lange nicht so weit. Zunächst musste ich einen todesmutigen Vorstoß wagen:

„Was halten Sie davon, wenn ich Ihnen zum Dank für die Rückfahrt einen ausgebe?" Ohne zu überlegen antwortete sie, als habe Tanja drauf gewartet:

„Der Herr Knillmann ist gut." Mir fiel ein Stein vom Herzen. Auf den Straßen war es rutschig, aber wir kamen wider Erwarten vor dem Restaurant an. Der Wind fegte die Türen auf, als wir das Lokal betraten, das mitten in Gerresheim liegt. Es war natürlich weihnachtlich geschmückt, und ich bestellte auf Wunsch der Dame zwei Glühwein. Der Raum war nur mit Kerzen erhellt, und wir verzogen uns in eine Ecke. Ich suchte krampfhaft nach einem Thema und blickte hilfesuchend von der Lounge auf den Gerricusplatz, hinter dem die große Basilika steht. Man war bereits dabei, Weihnachtsbuden aufzubauen. Wenn man gut zu Fuß ist, hat man in zwei Minuten den ganzen Markt umkreist. Will sagen, er ist klein, aber er hat es in sich. Und da kam bereits das erste Weihnachtswunder: wie auf Kommando stellten wir beide dieselbe Frage: „Welchen Beruf haben Sie eigentlich?" Dann prusteten wir los, und der Kerzenschein leuchtete durch Tanjas Haar. Es wirkte wie in Flammen. „Der Esel fängt zuerst an", sagte ich und klärte sie über meine missliche Lage auf. Einen Job auf Abruf, und eine Wohnung, die ich finanziell nicht halten konnte. Wenn sie gleich geht, war Tanja ein Missgriff, dachte ich. Doch sie blieb, überlegte kurz, und dann sagte sie leise:

„Hmmm … Viel besser bin ich auch nicht dran. Okay, mir gehört ein uraltes Haus in der Nähe des Gerresheimer Eventbahnhofs, und ich bin Kunstmalerin. Leider haben Letzteres noch nicht viele Menschen mitbekommen. Und so muss ich ab und zu als Kellnerin oder sonstwas jobben. Zum Beispiel hier, im Herrn Knillmann." Dunkel erinnerte ich mich an eine Szene im Frühling, als ich eine attraktive Kellnerin an diesem Ort sah. Ich blickte ihr lange nach, bis sie verschwunden war. Aber auf meinem Bierdeckel waren auch zwanzig Striche, da kann man sich etwas vertun. An diesem Abend verließ ich beidarmig rudernd das Lokal. Aber nun grübelte Tanja schwer, und Falten bildeten sich auf ihrer makellosen Stirn, die sie noch schöner machten. Daran können Sie sehen, wie es um meine angeschlagene Seele bestellt war. Tanja blickte mich ernst an und sagte: „Was halten Sie davon, wenn Sie bei mir als Untermieter einziehen? Auf Probe, versteht sich." Ich verschluckte mich an meinen zweiten Glühwein." Ich stotterte:

„Also, also ich bin – sprachlos."

„Oh, machen Sie sich keine Sorgen. Ich habe schon seit Wochen erfolglos im Internet annonciert, dass ich einen Mieter suche." Ich fragte vorsichtig:

„Wie hoch ist die Miete, und wie groß ist die Wohnung?

Am Eventbahnhof, sagen Sie?"
Tanja nippte an ihrem Glas und sagte:
„Zirka achtzig Quadrat und sechshundert Euro warm." Ich blickte sie zweifelnd an.
„Nun gucken Sie nicht so verblüfft. He, das Haus hat keinen guten Ruf, und ich auch nicht."
„Ich zahle das Doppelte!" Tanja lachte. Dann sagte sie mit verruchtem Blick und Berliner Dialekt, als wäre sie eine Schlampe:
„Sie sind ja eeen janz Schlimmer!" Wir beide mussten wieder lachen. „Hören Sie, Markus, das Problem ist folgendes: ich wohne im Haus zur letzten Laterne, Sie haben bestimmt schon davon gehört." Ich nickte.
„Ja. Dort soll vor ein paar Jahren eine Hexe gewohnt haben. Jung, sadistisch, bildhübsch, aber sie hat sechs Männer getötet. (Siehe mein Roman „Die Hexe von Gerresheim").
Man hat mir deshalb das Haus billig überlassen. Und ich weiß, dass sich dort noch andere schaurige Sachen zugetragen haben sollen. Aber in Gerresheim verbreiten sich Gerüchte rasend schnell. Jede Kneipe ist schneller als das Internet. Manchmal helfe ich auch als Kellnerin im Bahnhof aus, der Weg ist ja nicht länger als drei Minuten. Nachts ist es dort unheimlich, und es wäre schön, wenn ich weiß, über mir wohnt ein Mann. Zudem fühle ich mich etwas besser, wenn ich nicht alleine wohne, denn ich habe eine schlimme Trennung hinter mir."
Mein Schicksal! Ich sagte:
„Meine Karateкünste sind Legende, ebenso wie meine Muskeln!" und deutete dabei auf meine spindeldürren Arme. Ich bemerkte, wie wir uns bei der Unterhaltung nach vorne beugten, als wollten wir ein Geheimnis austauschen. Zwischen unseren Lippen war nur ganz wenig Platz. Ich schwitzte und sagte:
„Ja, am Kulturbahnhof kann es unheimlich sein. Vor allem im Winter, wenn sich Schnee und Schornsteinrauch im Dunkeln vermischen." Auf einmal fühlte ich mich geborgen, und als die Glocke der Basilika Neun schlug, guckte

ich auf den eingeschneiten Gerricusplatz, als stünde dort der Papst und winkte uns zu. Tanja meinte:

„Ich stamme aus der Gegend von Münster, und …"

„Das hört man!", sagte ich begeistert. „Und ich habe in Ihrem Dorf um die Ecke gewohnt. Kein Zweifel. Die Spalte zwischen uns, die sowieso nicht groß war, wird immer kleiner. Hören Sie, wir zwei stammen aus derselben Gegend. Sie haben aber ein Haus, und ich bin bald obdachlos. Wollen Sie mich im Stich lassen?"

Du musst aufpassen, dich nicht in sie zu verlieben, grübelte ich. Und, größenwahnsinnig wie ich bin, dachte ich, dass sie jetzt genau dasselbe denkt.

Tanja sagte: „Irgendwoher kenne ich Sie." Ich überlegte und sagte vorsichtig:

„Ja, Sie kommen mir auch bekannt vor. Hmmm."

„Jetzt weiß ich es! Sie singen unter der kundigen Führung von Klaus Wallrath im Kirchenchor!" Ich sagte:

„Wahrscheinlich sehen Sie mich nicht richtig, denn ich bin ja alles andere als Ralf Moeller. Man hat mich schon mit der kleinen Orgelpfeife verwechselt. Aber warum habe ich Sie noch nicht gesehen?"

„Ich fehle oft, weil ich jobbe oder mich hinter meiner Staffelei verkrieche. Und wenn ich da bin …"

„… bin ich auf Achse und schreibe für die Zeitung. Sehen Sie, wie viel wir noch nachholen müssen?" Dann plauderten und plauderten wir, solange, wie Herr Knillman geöffnet hatte.

Wenig später standen wir vor dem morschen Gemäuer. Schiefe Schornsteine ragten gen Himmel, das Haus ähnelte dem Haus in Psycho. Lange dicke Eiszapfen hingen bedrohlich an der Traufe. Der dunstige Nebel, der um die Szenerie waberte, machte das auch nicht besser. Und natürlich war alles dick eingeschneit. Ich hielt Tanja fest am Arm, damit sie nicht ausrutschte. Mich fröstelte. Dann geleitete mich Tanja durchs Haus, die durchgehangenen Stufen quietschten, überall standen alte aber bequeme Möbel wie bei Miss Marple. Auf einem Ohrensessel für Oma Eusebia stapelte sich das Stadtteilmagazin Gerrikuss, in

dem oft Haarsträubendes über Gerresheims düstere Ver-
gangenheit steht. Schwere aber billige Vorhänge, und von
der Decke hingen wie in einer Kirche Weihrauchschalen.
Natürlich standen viele Bilder von Tanja herum; auf Staf-
feleien oder an den Wänden. Meisterwerke sind das nicht,
dachte ich, aber sie ist auf einem guten Weg. Sie malte
gegenständlich, Gerresheim war ihr Lieblingsmotiv, dann
Werke mit Bergen oder der schäumenden See. Ich fragte:
„Und- welches Bild kommt dahin?" und deutete auf eine
leere Stelle zwischen den Bildern. Tanjas Mund verzog
sich bitter. Sie antwortete leise:
„Das Bild Und ich stand da wie erstarrt. Also das von Daniel. Dann bewunderte ich die zahllosen Bücher, die an
den Wänden in Regalen standen, oder auf dem Boden bis
zur Decke aufgetürmt waren. Es gab altes Porzellan, oder
vertrocknete Blumenarrangements. Überaus trödelig,
aber ich fühlte mich hier aufgehoben. Mich interessierte
immer die Wohnung der Dame meines Herzens (viele waren es ja nicht), denn diese sagt manchmal mehr über die
Angebetete aus als tausend Worte. So ähnlich gehen auch
Profiler bei der Polizei vor.
Dann gingen wir über die knarrenden Stufen nach oben,
wo meine beiden Zimmer waren, und mein Blick kleb-
te auf dem Po der Hausherrin. Die Räume waren eher
spartanisch eingerichtet, ein alter Betschemel, drei klapp-
rige Stühle und eine durchgehangene Couch mit dicken
Kissen. In einer Ecke lag ein Totenkopf und starrte mich
an, und neben dem Betschemel standen geistliche Werke.
Ein Zeichen dafür, dass die Hexe von Gerresheim einmal
hier wohnte und danach ein Kaplan von Sankt Margareta. Tanja hielt offensichtlich nicht viel von Aufräumen. Sie
kommentierte:
„Das hier ist Ihr Reich, und das hier ist … das Schlafzimmer …" Ich schaute kurz um die Ecke und antwortete
verlegen: „Ja, äh, hier schläft man also …" Der Raum war
einigermaßen groß mit Blick auf die Glashütte. Dicke Eis-
kristalle an den Fensterscheiben. Ein Kamin, über den ein
großes leeres Regal hing, aber die Möbel waren einfach

und ok. Ich fragte: „Und was ist mit dem Essen?" Tanja sah mich erstaunt an.

„Also das müssen Sie sich schon selber machen." Und ich: „Nein, ich meine, dass ich für Sie kochen werde! Das heißt, meine Künste in der Küche sind nicht besonders erwähnenswert, aber zwei oder drei Mal in der Woche könnte ich Sie schon einladen. Und mit dem Abendessen morgen fängt es an! Das heißt, wenn die Hausherrin nichts dagegen hat."

Tanja lächelte und sagte:

„Glauben Sie ja nicht, dass ich so einfach bin."

„Einfache Leute sind mir einfach zu langweilig. Am liebsten würde ich schon jetzt den Mietvertrag unterschreiben. Sagen wir für mindestens hundert Jahre ..."

Tanja sah müde und erschöpft aus. Mir ging es nicht besser, aber zugleich war ich seit Monaten voller Hoffnung.

„Schlafen Sie gut", sagte Tanja zu mir.

„Sie auch. Aber ich werde so lange hier unten stehen, bis Ihr Licht im Schlafzimmer erloschen ist. Hier in der Gegend treibt sich übles Gesindel herum. Schauen Sie nur mich an." Sie warf mir einen Handkuss zu, und ich hielt mein Wort und ging erst dann nach Hause, als das Licht erloschen war.

Der Umzug ging schneller vonstatten, als ich dachte, und am zweiten Dezember wohnte ich im Haus zur letzten Laterne. Tanja und ich sahen uns recht wenig, von den gemeinsamen Abendessen (oft nur in der Pommesbude) mal abgesehen. Sie verkaufte ja ab und zu Bilder für kleines Geld oder jobbte in Kneipen. Derweil schrieb ich für Käseblätter Artikel über Sportvereine und neue Restaurants in Gerresheim und Umgebung. Ich stellte fest, dass ich mich immer mehr in Tanja verknallte. Aber wir hatten schwierige Beziehungen hinter uns, und ich wollte sie auf Abstand halten. Bei einem unserer Dinner fragte sie mich: „Hast du urlaubsmäßig etwas vor? Ich meine, Weihnachten kommt langsam heran, dann ist es nicht schön, alleine zu sein." Ob das ein Angebot war, zusammen irgendwo hinzufahren? Nichts lieber als das! Ich blockte schweren

Herzens ab. Meine letzte Liebe hatte mich ausgelaugt, und ich wollte nicht schon wieder enttäuscht werden. Wissen Sie, wenn man eine Frau sofort ins Bett bringen will, braucht man nur zu sagen, man sei Postbeamter und mache am liebsten auf Langeoog Urlaub! Die Damen werden sich sofort alle Blusen aufreißen und Ihnen um den Hals fallen! Natürlich nicht, das wissen Sie selbst, und ich probierte diesen Abturner namens Langeoog und sagte:

„Ich werde wahrscheinlich nach Langeoog fahren. Da war ich schon oft." Natürlich wartete ich darauf, ausgelacht zu werden, weil Tanja mehr auf Bali oder Gran Canaria stand, wo die Sonne offensichtlich pausenlos auf- und untergeht. Zu meinem Schrecken antwortete sie mit weit aufgerissenen Augen:

„Wie geil ist das denn? Langeoog- da war ich als Kind in den Sommerferien, und nun kellnere ich dort! Und zwar in Düne 13!" Mir blieb der Bissen im Halse stecken. Tanja war so aufgedreht, als habe sie gerade sechs Richtige im Lotto gewonnen und zudem den Traummann mit viel Knete kennen gelernt. Diese Kneipe kannte ich in und auswendig, so wie die ganze Insel, denn für ein Magazin musste ich einmal dorthin fahren, um einen Artikel über die Weine und das Essen auf Langeoog zu schreiben. Natürlich wäre ich damals lieber in Südfrankreich gewesen, aber das überließ Katinka Dragomirow anderen Kollegen, um mich zu quälen und zu demütigen. Tanja meinte begeistert:

„Du – dann lass uns zusammen auf der Insel Weihnachtsurlaub machen!" Ich war sprachlos. Ihr Blick ähnelte inzwischen dem von Katinka Dragomirow und duldete keinen Widerspruch. Ich fand es nur etwas seltsam, dass sie mir dieses Angebot machte, denn im Grunde kannte mich Tanja gar nicht. Hmmm …

Da sie sich auf Langeoog bestens auskannte, mietete sie für mich für acht Tage eine ausgediente Vogelwarte am Ende einer Landzunge, letztere hatte sich beinahe obszön in die Nordsee hineingeleckt. Ungefähr dreihundert Meter davor war der Dorffriedhof, neben dem der Sonnennhof steht, der Ort, an dem Lale Andersen bis zum Tode lebte. Ich machte aus dem Haus ein Refugium der Ruhe, Meditation und Beschaulichkeit. Das große Fenster bot mir einen grandiosen Blick aufs Meer: Ich konnte das Wasser sehen, den Strand, ein paar Dünen, und ab und an einen fluchenden Touristen, der sich bis hierher ver¬laufen hatte. Manchmal hing der Himmel wie eine graue Schieferplatte über der See. Ich saß in meinem alten Sessel, die Füße auf dem Tisch, und besah mir stolz meine Bücherwände, auf die der Schatten von ein paar Kerzen fiel. Direkt neben dem großen Fenster hatte ich meinen Fernseher aufgebaut, den ich aber immer weniger benutzte, da mich die fast schon archaische Aussicht aufs Meer von Tag zu Tag mehr faszinierte. Das Schmatzen der Wellen wurde gelegentlich von Debussy unterbrochen, vor allem von Gärten im Regen, und meine Finger fühlten, wie die Noten als Perlen von ihnen herunterfielen. Das Kaminfeuer (ab und zu gelang es mir, es zu entzünden!) warf wieder seltsame Schatten über die Wände.

Der Morgenhimmel kurz vor Heiligabend über Langeoog war so kalt und blau wie eine umgedrehte Porzellanschüssel. Die wenigen Wolken sahen aus wie flüchtende Terrier. Ein eisiger Wind verwehte ein paar abgeschlagene Sträucher, strich durch Gräser, die über kleine Tümpel ragten, wie die Haare einer alten Frau, um sich dann über ein einsam gelegenes Wirtshaus herzumachen. Ich umrundete das hochgelegene Atelier von Maler Anselm und blickte zurück zum Wasserturm, der über dem Ort als Wahrzeichen ragte. Dann stand ich vor meinem Ziel: Die Kneipe Düne 13. Über allem tobte die winterliche Nordsee. Ich zog mir den Kragen hoch.

Tanja stand vor der Tür und wischte mit einem alten Besen Schneeflocken von den Bohlen, die in die Kneipe führten. Ein paar Schiffssirenen sandten traurige Signale übers Wasser, es würde wohl bald Sturm aufkommen.

„Moin, Markus!" begrüßte sie mich. „Tach, Tanja." Ich gab ihr einen kleinen Klaps auf den Po. Sie lächelte kurz und sah mich abschätzend von oben bis unten an. „Na, dann geh mal rein. Eier sind gleich fertig, die Langeoog-News kommt wohl noch. Der Postbote hat Schwierigkeiten mit dem Eis auf den Straßen. Sein Fahrrad ist ja nicht mehr das fitteste." Sie hatte ein schiefes Lächeln, und sie fuhr sich mit ihren langen, schmalen Fingern durchs rote Haar, strähnig, wie das Riedgras draußen. Ihr Gesicht war ebenfalls schmal, bleich und ungeschminkt, und mit ihren 39 Jahren sah sie ebenso verlebt wie attraktiv aus. Sie zupfte das gelbe T-Shirt über die verblichenen Jeans, wobei die kleinen Brüste wie neugierige Kinder zwischen der hellblauen Weste hervorlugten. Sie hatte ein Apartment um die Ecke gemietet, wie jedes Jahr.

Nun briet sie für mich drei Rühreier mit Speck. Brötchen und Käse standen neben dem dicken Kaffeetopf mit dazugehöriger Pfütze.

Und so begann der Heiligabend: normal, friedlich, und sollte dann doch so chaotisch und unglaublich enden, wie das Meer, das mit der Flut schon zweihundert Meter vor Düne 13 stand. Hier ist es, vom Weihnachtsbetrieb mal abgesehen, ruhig, still, beinahe unheimlich. Das tat uns Großstadtseelen gut, denn Düsseldorf raubte uns das Jahr über die Kräfte: Lärm, Menschenmassen und Arbeitsstress. Und wenn uns jemand kommt, der sagt: „Oh, ich liebe New York, die Vibration ist ja unglaublich!", denken wir daran, dass das uns beide nur mürbe macht. Kein Wunder, dass es wegen den Vibes in den Citys von Psychologen und Selbstmördern nur so wimmelt. Neben der Eingangstür hingen eingerissene Plakate, zum Beispiel der Touristenhinweis über Ebbe und Flut, Veranstaltungen im Kursaal. Diesmal kündete ein Poster Cher an, die in Hannover ein Konzert am ersten Feiertag geben sollte. Ein anderes Poster wies auf einen Rockabend im Nachbarort hin, mit Doppelgängern von Tina Turner, Cher und Udo Lindenberg. Die Künstlernamen mit Anführungszeichen versehen. Man hatte ein paar Fotos platziert, und Bon Jovi glich eher Sascha Hehn, aber mir sollte es recht sein. Denn um Weihnachten herum hatte ich was ganz anderes vor. Ich betrach¬tete misstrauisch die sogenannten Möbel, die Tanja anscheinend vom Strand geholt hatte, wo sie als Treibgut herumlagen und den Möwen als Aussichtsturm dienten.

In der rechten Ecke des Lokales stand ein windschiefes Klavier, auf dem eine nackte, weibliche Schaufensterpuppe saß, und deren Seemannskappe heute durch eine rote Weihnachtsmütze mit weißem Bommel ausgetauscht wurde. Die Kappe saß schräg über ihrer schwarzen, lockigen Perücke, und ich nannte diese Lady Susi, die in der rechten Hand eine Zigarette hielt, die ihr ein Witzbold dort hineingesteckt hatte.

Ein paar Arbeiter saßen am Tisch neben mir, und sie tranken schon mal auf Heiligabend.

Aus der Musikbox drang kein Weihnachtslied, sondern Chers uralter Nummer -Eins-Hit von 1998: Believe.

Tanja schlich wie eine Katze zwischen den Barhockern herum und zündete sich einen Zigarillo an. „Wann kommst du denn nun heute Abend? Ich muss noch Vorbereitungen treffen."

„Vorbereitungen – wozu?", fragte ich verdutzt. Sie atmete gestresst ein. „Na, für die Lammkeule mit Rotkohl und Klößen. Kommst du nun um acht oder um neun?" Ich schluckte erschrocken. O Gott, Tanja und die Lammkeule! Die hatte ich gar nicht mehr auf dem Schirm! Ich suchte händeringend nach einer Ausrede für mich, denn Tanja hatte mich ja zum Weihnachtsessen eingeladen, und ich habe es vergessen- peinlich! „Hör mal, Tanja," stotterte ich an diesem verhängnisvollen vierundzwanzigsten Dezember. „Ich muss für mein Blatt noch eine Weihnachtsstory schreiben. Wenn ich die nicht pünktlich abliefere, also mein Chef wird sauer sein, und ..."

„Ach nee? Hast du mal auf den Kalender gesehen? Ein wenig spät, findest du nicht? Oder meinst du die Weihnachtsausgabe im nächsten Jahr?"

„Natürlich nicht. In der heutigen Ausgabe stehen Weihnachtsgedichte norddeutscher Literaten, übermorgen will die Redaktion etwas von mir abdrucken. Ich sagte denen, das wäre für mich ein Kinderspiel. Ich glaube, da hab ich den Mund wieder mal zu voll genommen."

Tanja goss sich einen Aquavit ein, einen doppelten. „Was soll ich mit der Lammkeule machen? Ach – Mist, verdammter! Na gut, wie du willst, Markus.

Dann fahre ich nach Münster zu meiner Schwester, die ist nämlich auch alleine und weiß Lammkeulen zu schätzen! Du kannst dich ja in dein Refugium verziehen, aber ruf mich ja nicht an, wenn dir die morsche Decke auf den Kopf fällt!"

So wütend hatte ich sie noch nie gesehen, die wenigen Gäste drehten sich erstaunt nach uns um, aber das Schlimmste war, ich hatte Tanja auch noch betrogen und belogen – zumindest zu fünfzig Prozent!

Die ganze Wahrheit war, dass ich eine gewisse Rebecca aus München zu mir eingeladen hatte, eine flüchtige Dame aus einer flüchtigen Nacht. Sie freute sich darauf, mal dem üblichen Schicki-Micki-Rummel in Bavaria zu entkommen. Vor zwei Wochen musste ich ja nach München fahren, um über eine Kunstausstellung zu schreiben. An der Hotelbar lernten wir uns kennen, Schnaps und Sex ohne Ende, ausgehungert, wie ich war. Und das mir! Eine dralle Schwarzhaarige mit viel Wärme. Andererseits hatte ich ja Tanja, und der verdammte Alkohol hatte alles durcheinander gebracht. Und ich wollte am Heiligenabend keinesfalls wieder alleine sein! So befand ich mich in der Zwickmühle, aber Tanja würde sich im schlechtesten Fall wieder beruhigen.

Aber jetzt war sie alles andere als beruhigt, und aus ihren enttäuschten Augen flogen mir Blitze entgegen.

„Was macht das hier?", wollte ich von Tanja wissen und hielt ihr meinen Bierdeckel mit fünf Strichen an der Seite entgegen. „Ach, steck ihn dir – mein Laden bleibt offen für einsame Seelen an Heiligabend. Werd` mich mal umhören, wer sich an meiner Stelle hinter den Tresen quetscht." Sie kippte sich den Schnaps rein, goss sich wieder ein, und ich verließ völlig deprimiert Düne 13.

Es war zwölf Uhr Ortszeit, und die Flut stieg an.

Der Himmel war immer noch strahlend blau und klar, die

Temperatur hingegen ein paar Grad unter null. Wenn ich etwas hasse, dann dieses Wetter: ein Himmel, der dreißig Grad verheißt, und eine Temperatur wie im Kühlschrank, so Stufe vier ungefähr. Es passt halt nicht zusammen. Es wird etwas verheißen, was gar nicht stattfindet. Wenn schon diese winterliche Temperatur, dann auch ein wolkiger Himmel mit viel Nebel dazu. Die Gedanken an Rebecca, die Zarte, die Sanfte, die Schöne, vertrieben mein mulmiges Gefühl erheblich. Auch ich hatte mich mit Lammkeulen eingedeckt und bekam die beiden letzten bei Krögers im Supermarkt. Käte, die Kassiererin, sah mich erstaunt an. „Was willst du denn mit zwei Keulen? Ist Tanja krank?" „Ich, äh –, ich brat` mir die andere Silvester. Und bitte noch drei Flaschen Wein vom Feinsten!" Sie kramte im Regal herum und legte mir die teuersten in den Korb – 8,99 Euro die Flasche.

Natürlich packte ich Süßigkeiten und Chips dazu, und all das, was Rebecca und mir an Heiligabend Spaß machen sollte. Oder was ich dafür hielt.

Die Sache mit Tanja ging mir nicht aus dem Kopf, und ich war wütend über meine Vergesslichkeit. Sowas passiert mir immer, wenn ich mich in eine andere Frau verliebe, was aber eher die Ausnahme ist. Ich überlegte mir vergeblich, wie ich Tanja nach Weihnachten besänftigen könnte; mir fiel nichts ein. Bisher liebte ich es, über Sex zu nur zu reden. Alles andere wäre vulgär gewesen. Aber wenn ich mir Tanja im untergehenden Winterlicht ansah …

In der alten Vogelwarte angekommen, stellte ich das Radio auf Nord 3 ein, und Cher sang schon wieder Believe. Ich höre mir lieber Scarlatti oder Debussy an, muss aber gestehen, dass ich schon seit Jahren eine Vorliebe für Cher hatte. Dazu gehört, alle Filme zu kennen, die meisten Dialoge dazu, und auch CDs zu kaufen, um die man sonst einen Bogen macht. Cher ist für mich von überirdischer Schönheit, und mir war bewusst, dass diese Beschreibung so platt ist wie die See in dieser Stunde vor meinem Wohnzimmerfenster. Chers Augen haben etwas Wissendes, Lauerndes, ein Verständnis und eine Weichheit, die perfekt zu ihrem schwarzen Haar passen, das sich - wie das einer Nixe - wie ein Wasserfall über ihre Haut ergießt.

Aber es war ja erst Mittag, und Becca hatte sich so gegen drei mit dem Flugzeug angekündigt, das auf dem kleinen Flugplatz auf Langeoog landen sollte. Dort wollte ich sie in Empfang nehmen, die Räder des Aeroplans würden knirschend auf dem Boden landen und zahllose Blätter durcheinanderwirbeln. Gewiss würden Nebelschwaden wie Brokatvorhänge die Gangway bedecken, und aus ihnen käme mir Rebecca entgegen, wie ein Popstar bei einer Preisverleihung. Meine Lippen würden die ihren verschließen, und ich hörte schon jetzt ihr zart gehauchtes: „O Markus, Markus – wie gut dich zu sehen ..."

Nicht ganz unähnlich der Abschiedsszene in Casablanca – nur in umgekehrter Reihenfolge.

Als ich mir überlegte, ob ich Toni Braxton oder lieber etwas von Sir Gardener (engli¬sche Weihnachtschoräle vielleicht) spielen sollte, klingelte das Telefon.

„Hi, hier ist Becca!"

„Oh, hi, ich dachte, du befindest dich schon im Flieger, um in der Weltmetropole Langeoog Weihnachten zu feiern. Wann genau kommt deine Maschine an? Du weißt gar nicht, wie sehr ich dich ..."

„Du, Markus (ihre Stimme klang verdächtig zittrig und gepresst), da ist etwas, was ich dir leider sagen muss. Es ist mir wahnsinnig unangenehm (ich fühlte etwas Kaltes an meinem Bauch herunterrinnen), aber gestern, in der Sauna, tja, da traf ich einen ehemaligen Lover von mir, und – also, ich will's mit ihm noch mal probieren. Da war wieder das Knistern zwischen uns, und ich dachte, so etwas gibt es gar nicht mehr."

„Ahhh, soll – soll das heißen, du kommst nicht? Oh, Becca, tu` mir das nicht an!"

„Es tut mir selber schrecklich leid, aber ich will es noch mal mit ihm probieren. Er hat mich nach Kitz zum Skifahren eingeladen. Um ehrlich zu sein, Markus, du wohnst ohnehin zu weit weg – für eine feste Beziehung, meine ich. Na ja, ich will ja auch immer für alles offen sein, und da dachte ich ..."

„Du bist schon so offen, dass man dich gar nicht mehr sehen kann!", schnauzte ich zurück, aber meine Stimme war von Wut und Enttäuschung so gepresst, dass Rebecca es wohl nicht gehört hatte. Ich knallte den Hörer auf die Gabel und blickte in diesen entsetzlich blauen Himmel und konnte die Kälte am Meer förmlich fühlen, obwohl mein Thermometer 21 Grad anzeigte. Mir war eiskalt, aber auf einmal wusste ich mit grimmiger Gewissheit, weshalb ich dieses Wetter so hasse: Die Sonne war eine Versprechung, die nicht eingelöst werden konnte, so wie das Telefonat von eben, wie zahllose andere Telefonate und Begegnungen mit Frauen. Man geht mit freudiger Erwartung vor die Tür – und wird von der Kälte des Windes förmlich umgehauen!

Von jenem Heiligen Abend an nannte ich diese Art von Tiefdruckgebiet: REBECCA.

Zum ersten Mal empfand ich mein Refugium als Mausoleum, vor allem in Hinblick auf die kommenden, einsamen Festtage. Vor meiner Tür, gegen die ein böser Nordseewind donnerte, standen dunkel verhüllte Gestalten namens Depressionen.

Und Tanja – o Gott! Das Schlimmste war, ich konnte niemandem die Schuld zuweisen. Oder war Becca an allem schuld? Oder ihr verschwitzter Lover aus der Sauna? Oder gar – ich? Zumindest gab es in diesem Albtraum wenigstens eine Unschuldige, und die war zu Recht abgereist. Nur raus! – dachte ich, zog mir den schwarzen Wettermantel an und ging hinaus in die Kälte.

Meine Schritte führten mich am Dorffriedhof vorbei, der von struppigen Dünen eingerahmt wurde. Dahinter hörte ich das Schmatzen des Meeres. Ich ging über die Brücke, unter der ein kleiner, von Schlamm und Blättern erstickter Bach müde plätscherte. Es war gegen 17 Uhr, und somit herrschte fast völlige Finsternis. Eine Finsternis, die ich willkommen hieß, weil sie diese gnadenlose Sonne samt ihrem blauen Himmel für viele Stunden verbannte. Zwei, drei Enten hielten am Ufer ihre Schnäbel im Gefieder versteckt.

Als ich an dem kleinen Friedhof neben dem Sonnenhof vorbeikam, sah ich eine Gestalt an einem Grab stehen. Eine Frau in Schwarz, und unter der Kapuze bahnte sich ebenholzfarbiges lockiges Haar seinen Weg. Überall gab es noch rote Kerzen vom Totensonntag. Alles war in Nebel und Schnee eingehüllt, und die Frau zitterte leicht. Kommt Ihnen diese Szene nicht bekannt vor? Schauen Sie mal in die ersten Seiten hinein! Ich bin wohl ein Spezialist für Weihnachtsdepression, Gräber und einsame Frauen eingeschlossen. Und das kann ja nicht gut ausgehen. Und natürlich trieb es mich zu ihr, der Dame in Schwarz, und ich blickte auf den Grabstein vor ihr:

Henrik Kröger. 1947 – 1988. Das Bild auf dem Stein zeigte einen gutaussehenden Mann mit blonden Locken, der an einer Gitarre zupfte. Daneben lag ein taufrischer Kranz, reich geschmückt, und auf der Schleife stand „Ich werde dich nie vergessen- Cher!" Ohne nachzudenken, was mir sofort peinlich war, begrüßte ich die Frau mit:

„Hi Cher, how are you?" Das war so dumm, dass ich mich mit der Rechten gegen die Stirn schlug. Ich wollte im Erdboden versinken, aber als ich beinahe an den Schultern angekommen war, sah ich, dass sie tatsächlich Cher war. Oder war es die Doppelgängerin? Die Ähnlichkeit haute mich einfach um. Sie antwortete:

„Du kannst ruhig Deutsch mit mir sprechen. Henrik hat mir ein wenig beigebracht…" Natürlich war unsere Unterhaltung mehr als holprig, mein Englisch war auch nicht viel besser, aber es soll für Sie lesbar sein. Und dann schneite es wieder, diesmal kräftiger. Cher rieb sich die Hände ohne Handschuhe und fragte: „Wo kann man sich hier kurz aufwärmen? Mein Pilot guckt sich im Dorf um und muss mich nachher nach Hannover fliegen. Dort gebe ich morgen ein Konzert." Ich stotterte:

„ … Na … na … natürlich geben Sie dort morgen ein Konzert, und wer sonst steht am Tag zuvor auf dem Friedhof in Langeoog?" Ich lächelte wie ein Depp. „Lassen Sie uns zur Düne 13 gehen, dort ist garantiert nicht viel los, und niemand kann Sie anglotzen."

„Du kannst mich ruhig duzen," sagte die Fremde lächelnd.

Ich erreichte die ersten Häuser des Dorfes, aus deren Schornsteinen dicker Rauch quoll. Nur wenige Fenster waren erleuchtet, die meisten Bewohner waren gen Süden gefahren. Der Wind zog frostig um die Ecken, und ich zog mir den Schal fester um den Hals. Aus irgendeinem Haus drang der Weihnachtshit Nummer eins von 1998 – Believe. Das Lied war schlimmer als die strahlende Sonne, der blaue Himmel und die eisige Kälte zusammen. Das passte nun überhaupt nicht – nicht zu Heiligabend, und ich in diesem Zustand völliger Verlassenheit. Der Wind wehte noch eisiger durch die einsamen Straßen, und der Refrain des Songs, der an sich schon mit After love widerhallt, fand ein noch größeres Echo in den Gassen und Häusern, als sei er ein höhnisches Gespenst, das über mich lachte.

„Hör zu!", sagte das Gespenst. „So kann sich Freude anhören, eine Freude, die du niemals mehr erreichen wirst!"

After love, After love , after looove … Ich hatte genug.

Cher lachte lauthals. „Woowwww …! Das ist ja mein Hit! Der scheint noch immer zu ziehen. Unglaublich!"

Endlich kam ich in Düne 13 an, mal sehen, welche Loser uns in ihren Club der einsamen Männerherzen aufnehmen würden.

Mit einem satten Laut schloss sich die Tür hinter mir. Malte, der sonst im Postamt sitzt, war von Tanja als Ersatzmann auserkoren. Sein Gesicht sah bleich und eingefallen wie immer aus. Er war groß und pummelig, und sein Bart hing tief in sein Bierglas hinein. Er glich dem Fisch auf der Vorderseite von Tanjas Speisekarte.

„Moin, Markus", meinte er. „Hast du das schlechte Wetter bestellt?" Er grinste linkisch, und so eine Plattitüde hatte mir gerade noch gefehlt. Dann starrte er Cher an, als sei sie ein Gespenst. Ich half der Fremden aus dem Mantel, und ihr rabenschwarzes, gelocktes Haar lag wie ein Schleier über ihrem Roten Paillettenpulli. Sie trug schwarze, enge Jeans und teuer aussehende Cowboystiefel. Ich setzte mich neben sie.

„Mach mal `nen Köm und `nen Jubi für uns", sagte ich zu Malte. Aus der Musikkiste klang irgendetwas Irisches, die Dubliners, vielleicht.

„Hier ist es ja sehr gemütlich", meinte Cher, und Malte kam mit dem Tablett an, auf dem die Gläser wackelten, denn er zitterte leicht. Rasch stellte Malte alles hin und verschwand schnell hinter dem Tresen. Auch ihm kam das Ganze hier nicht geheuer vor.

Ich kippte mir sofort den Aquavit rein, das Bier hinterher. Cher – oder wer auch immer da vor mir saß, trank ebenfalls. Vorher hatten wir angestoßen, als seien wir die besten Kumpel. War sie ihr Double, das in Norden auftreten sollte, zusammen mit „Udo Lindenberg" und co. Egal, nach dem Horror von heute Nachmittag, war das die Story überhaupt! Wie komme ich überhaupt auf Double? Vor mir, am Heiligabend des Jahres 2019, achtzehn Uhr mitteleuropäischer Zeit, saß Cher in Düne 13 zu Langeoog leibhaftig neben mir und hörte ihrem eigenen Hit zu, der gerade mit : I don`t need you anymore zu Ende ging. Prost!

„Du behauptest, Cher zu sein?!", fragte ich sie unvermittelt und hätte mir dabei am liebsten auf die Zunge gebissen. Sie öffnete ihre mandelförmigen Augen und sah mich traurig und abschätzend zugleich an. „Frag` mich was, na los, frag` was!"

Ich stand vor der Musikbox. Mein Blick fiel auf Clearence Clearwater Revival, und ich wählte Proud Mary. Der Plattenarm machte eine umständliche Bewegung und wenig später hörten wir das typische, blecherne Scheppern der Gitarren, was sich am Anfang eher wie eine Schülerband ausnahm. Ich stellte Cher auf die Probe.

„Was sagt dir der Song?" Cher legte ihren herrlichen Kopf seitlich auf die Schulter und klopfte dabei mit ihren langen, schwarzlackierten Fingernägeln den Rhythmus auf die Theke.

Malte sang leise (gottlob) mit.

„Den hab ich nie aufgenommen, als Coverversion, wenn du das meinst. Jesus, ein tolles Lied! Hätte ich gerne mal gesungen." Paff, da saß sie in der Falle, ich sah sie triumphierend an.

„Bist du ganz sicher?"

„Na klar, oder meinst du etwa meinen spontanen Auftritt mit Gregg Allman vor zirka hundert Jahren in Uncle Sam`s Roadhouse, wo auch Razz Bailey and the Aquarians auftraten?" Cher legte nun ihren Kopf auf die Unterarme, die neben ihrem Glas ruhten. Sie lächelte wie eine gesättigte Katze. Dann zeigte sie mir den Mittelfinger und streckte eine Hundertstelsekunde die Zunge raus.

„Bang, bang, my baby shot me down!", gab ich geschlagen von mir.

„Oh, in meiner Neuaufnahme hat übrigens im Background eure Bonnie Tyler mitgesungen."

Verflixt, das wusste ich, wäre aber nicht drauf gekommen.

„Wieso weißt du so viel über mich?"

„Weil ich dich schon lange verehre. Ich kenne auch deine richtige Haarfarbe."

Sie lachte und klatschte in die Hände. „Na, und wie ist meine richtige Haarfarbe?"

„Braun, nicht schwarz, meine Schöne, das sagte ja auch …"

„Dennis Quaid in dem Film Suspect, als ich ihn in meiner Rolle als Anwältin auf seine Beobachtungsgabe hin getestet habe. Wowww, du scheinst mich wirklich zu - kennen." Cher stand vor mir, der Schnee klatschte mit einer schmutzigen Mischung aus Schneeregen und Sand gegen die Fensterscheiben. Die Stube war schummrig, sah man vom dem Weihnachtsschmuck und ein paar Kerzen ab. Cher (Heike?) hatte sich gut gehalten. Aber ich sah trotzdem, dass sie eine ausgezeichnete Visagistin hatte, und ich wollte nicht wissen, wie sie am Morgen aussah. Der Alkohol machte mich mutig, und ich fragte:

„Und was macht du ausgerechnet auf Langeoog?" Sie überlegte und sagte traurig:

„Das hat zwei Gründe; einmal das Konzert und einmal der

Besuch auf dem Friedhof.

Weißt du, vor vielen Jahren hatte ich einen deutschen Lover. Er war Gitarrist und ich war noch nicht so sehr bekannt. Er schrammelte in meiner Band mit, weil er in Manhattan war, um zu gucken, wo man einen Gitarristen brauchte. Es war Anfang der Sechziger Jahre. Hey- Malte, bring` uns nochmal etwas zu trinken!" Malte werkelte sofort hinter der Theke herum und stellte die Getränke auf den Tisch. Cher meinte:

„Ich habe beim Trinken einen Sprachfehler; ich kann nicht nein sagen." Dann sagte sie zu mir: „Wir können auch ohne Alkohol fröhlich sein, aber wir gehen lieber auf Nummer sicher ..." Ich lachte.

„Das hört sich gut an! Man muss aber aufpassen, dass man sein Leben feiert und es nicht ertränkt, denn es gibt viele Gründe um zu saufen, aber keinen einzigen, um damit nicht wieder aufzuhören." Cher nickte anerkennend.

„Das hast du aber gut gesagt. Oh, ich kenne viele Kollegen, die das leider anders sehen und als Wracks herumlaufen. Auch ich stand kurz davor, Alkoholikerin zu werden, als Henrik von mir ging." Da war wieder dieser traurige Ausdruck in ihren wunderschönen Augen. Malte stellte wieder alles hin und verschwand in Sicherheit. Dann prosteten wir uns wieder zu, und ich hakte nach:

„Woran ist er denn gestorben?" Cher – oder Heike Müller, oder wer auch immer, sagte mit leiser Stimme:

„Er stürzte mit dem Flugzeug ab. Der Pilot war noch unerfahren, schlechtes Wetter, die alte Geschichte. Jedenfalls haben wir uns sehr geliebt, und ich war ja fast noch ein Kind. Aber Henrik war inzwischen auf Alkohol, und unsere Beziehung ging in die Brüche. Danach kam ja Sonny. Mein Gott, waren wir alle noch jung ... Und heute bin ich ein altes Mädchen." Ich versuchte sie abzulenken und murmelte:

„Wenn man fünfzig wird, gehen Happy und Birthday getrennte Wege." Darüber musste sie nun lachen, und ich orderte noch ein paar Drinks. Die Zeit verging, es war nun beinahe stockdunkel. Cher sagte:

„Ja, wie wahr, man wird leider älter. Früher suchte ich mir die Lover einfach aus. Und heute achte ich darauf, ob sie auch einen Erste-Hilfe-Kurs belegt haben." Nun prustete ich los. Die Musikbox schäpperte, und Elvis sang Are you lonesome tonight?

„Darf ich bitten?", sagte Cher, und ich ging wackeligen Schrittes auf die kleine Tanzfläche. Malte steckte sich eine Zigarette an und blickte uns ungläubig hinterher. Das alte Seemannsnetz, das von der Decke hing, hätte um ein Haar ihre Frisur ruiniert. An den Wänden aus Bohlen hingen künstliche Fische und starrten uns an. Cher schmiegte sich an mich. Ich roch ihr Parfüm, ich spürte ihre schmalen Finger an meinem Hals. Ich konnte Chers Körbchengröße erahnen und roch ihren alkoholgeschwängerten Atem, als sie mich leicht auf den Mund küsste, während Elvis schmachtete.

Sie fragte: „Are you lonesome tonight?"

„Ach, ja, die alte Schnulze, ich ..."

„Are you lonesome tonight?", insistierte Cher.

„Äh, ja. I am, Madam."

„Ich auch. – Wohnst du weit weg?"

„Nein. Nicht sehr weit."

„Okay. Let`s go!"

Sie wollte sich von mir lösen, doch ich hielt Cher noch fest. „Wieso gerade ich? Du hast doch ..."

„Im Augenblick habe ich nichts! – Okay? Und du siehst sehr hungrig aus, dear Marc."

„Ich bin auch sehr hungrig. Seit Jahren schon."

„O, my God! Ich glaube, heute Nacht musst du gesättigt werden! Die Rechnung geht auf mich."

Malte blickte uns kopfschüttelnd hinterher, als wir Düne 13 verließen.

Es war grauenvoll kalt. Der Wind heulte wie ein Rudel irrer Werwölfe, und ich war froh, den Weg in dieser stockfinsteren Nacht zu kennen. Cher schmiegte sich an mich.

„It`s fucking cold ..."

„Ist schon gut, Baby. Es ist nicht weit."

„Hey, Markus, wir haben nicht sehr lange Zeit, zwei Stunden etwa. – Dann kommt mein Pilot, und ich muss wieder zu meiner Crew; wir müssen noch üben für diese deutsche Stadt."

„Zwei Stunden nur?" Ich blickte sie beinahe entsetzt an, und Cher blickte wie eine Katze zurück.

„Yeah, darlin`. Ich hasse sowas auch, aber morgen geht kein Flieger, und dann beginnen die Proben."

„Das ist doch alles verrückt."

„Das ganze Leben ist verrückt!"

Dies war nun keine unbedingt neue Erkenntnis, sie genügte aber, um mir Tanja wieder ins Gedächtnis zurückzuholen. Plötzlich fiel mir ihre Lammkeule ein, dann Malte, der zusammen mit Susi den Heiligabend feierte. Ich bekam ein schlechtes Gewissen.

Und dann sah ich mein Haus, die alte Vogelwarte, und bemerkte, dass ich wieder mal vergessen hatte, das Licht auszuschalten.

„Shit!" sagte ich zu Cher. „Siehst du das Licht? Meine Frau ist früher zurückgekommen, ich glaube ..."

Sie blickte mich lange an, nicht ärgerlich oder traurig, eher ergeben und gelassen. Dann seufzte sie tief. „Markus, bist du sicher, dass du eine Frau hast?" Ich war froh, dass die Nacht so schwarz war, deshalb konnte Cher meinen verlegenes Gesicht nicht sehen.

„Du bist ein großer Junge", sagte sie letztlich und küsste mich auf die Stirn. „Und ich bin ein altes Mädchen, das zu viel getrunken hat. – Am liebsten würde ich jetzt nach Paris fliegen, um mir mein Grab auszusuchen.

(Gut ein Jahr später tat sie es tatsächlich, genauer gesagt auf dem Friedhof Père La Chaise, um dort irgendwann einmal neben Chopin und Jim Morrison zu liegen – neben wem auch sonst?).

„Cher, wir sind zu alt für uns ..."

„Nein, wir sind zu jung für uns – ach, ich weiß selber nicht. Ich werde noch etwas spazieren gehen und hoffe, dass mein Kopf dann wieder klarer wird. Euer Schnaps ist gar nicht so schlecht. Hey, nun sieh` mich nicht so an! Cher ist nie alleine, you know? Aber wie ist es mit dir?"

„Ich auch nicht, meine Frau, weißt du."

„Du musst sie sehr lieben. Ich wünsche euch ein gesegnetes Fest."

„Du kannst doch nicht so alleine, ich meine, ich bringe dich jetzt zum Flughafen, und ..."

„Geh zu deiner Frau, und sei gut zu ihr. Cher ist erwachsen, you know? Und denk an Believe! Darin singe ich ja von einem Lover, der nicht hart genug für eine neue Liebe nach der Liebe ist. Der es nicht schafft – o Gott, wie sagt man in Deutsch? – Aber du, du bist strong enough!"

„Du sagst es verdammt richtig. Oh, Cher, es hätte alles ..."

„Es ist gut, wie es ist!" Sie blickte mich wieder ernst mit großen, fragenden und wissenden Augen zugleich an. „Und nun geh! Aber vorher gibst du mir noch deine Adresse, ich schicke euch zwei Karten für`s Konzert zu, später mal meine neue CD." Sie kniff mich sanft in die rechte Wange.

Ich gab ihr meine Adresse. Cher küsste mich wieder weich und kurz auf die eiskalten Lippen und stieg die Dünen hoch Richtung Flugplatz. Ich konnte noch sehen, wie sie ihre Hände in ihren Mantel steckte. Ein neuer Wind kam auf und mit ihm Schneeflocken und Sand, die mein Gesicht verschmierten. Nach ein paar Schritten hörte ich hinter mir eine Stimme, die versuchte, das Schneegestöber zu durchdringen. Ich glaubte, Cher auf der obersten Düne zu sehen, wie sie mit beiden Händen einen Trichter formt und ruft: „Do you believe in Love after love?"

Ihr Lachen wurde vom Schneesturm erstickt.

Bevor ich zum Rest dieser nicht immer glaubwürdigen Geschichte komme, möchte ich der Wahrheit zuliebe noch erwähnen, dass ich drei Tage später meinem Beruf als Journalist endlich nachkam und recherchierte. Ich erfuhr folgendes:

Cher – es ging wie ein Wintersturm durch die Medien – war am Heiligabend tatsächlich verschwunden. Ihre Manager und Bodyguards drehten so ziemlich durch, doch am Morgen des ersten Weihnachtstages stand sie vor der

Rezeption ihres Hotels in Hannover und sagte zur Presse: „Wenn Agatha Christie drei Tage ihres Lebens spurlos verschwunden ist, warum kann ich nicht für zehn Stunden dort sein, wo Weihnachten ist? Es gibt noch Orte, wo Engel gebraucht werden".

Also doch! Sie stand in Düne 13 vor mir und tanzte Klammerblues! Ich kann noch heute ihre Fingernägel an meinem Hals fühlen – und ich werde sie wohl immerfort spüren.

Trotzdem wollte ich meine journalistischen Hausaufgaben restlos erledigen und rief in Norden an, was aus dem Konzert der sogenannten Doppelgänger geworden ist. „Oh, es war ein toller Erfolg!", schrie mir der Manager der dortigen Kurverwaltung ins Ohr. „Bon Jovi war spitze, Tina Turner auch, nur diese verdammte Cher ist nicht gekommen ..."

„Wieso nicht?"

„Weiß der Teufel! Sie heißt in Wirklichkeit Heike Krüger und ist die Tochter einer Buchhändlerin aus Ostfriesland und eines amerikanischen Soldaten. Sie hat nicht mal abgesagt, die Schl..., und ..." Ich legte auf und war so schlau wie vorher. Mit wem hatte ich an Heiligabend getanzt?

Nachdem mich Cher verlassen hatte, ging ich zurück in die Kneipe. Der Schriftzug von Düne 13 glänzte schon morbide in den weihnachtlichen, völlig schwarzen Himmel. Das Haus stand hoch über mir, und der Sturm schien es in wenigen Stunden einfach wegzublasen. Meine Hand war vor Kälte so steif, dass sie die Türklinke der Kneipe kaum herunterdrücken konnte. Was sollte ich zu Hause auch machen? Dann lieber mit Malt zusammen Tanjas Schnapsvorrat liquidieren. Ich zitterte am ganzen Körper, als ich meinen Mantel an die Garderobe hing.

Malte war wohl in der Küche, deren Tür halb offen stand, und so wirkte die Einsamkeit dort noch bedrückender.

Herbert Grönemeyer sang wieder sein Land¬unter. Das Schlagzeug schäpperte träge, und eine Ziehharmonika leitete den Song ein: Der Wind steht schief, der Wind aus Eis. Die Möwen kreischen stumm. Die Elemente duellieren sich, du hältst mich auf Kurs.

Die Schaufensterpuppe Susi saß noch immer auf dem alten Piano und sah mich fragend an. Ich verbeugte mich müde vor ihr. Vielleicht sollte ich mit ihr zusammen trinken?

„Hey, Malte, falls du noch wach bist – gib mal `nen Brandy! Aber kein Glas, die ganze Flasche. Und du trink, was du willst. Und stell` den Grönemeyer ab. – Da wird man ganz trübsinnig." Ich blickte Susi versonnen an, wie sie in all ihrer Nacktheit auf dem Piano saß, so stumm, so bleich und immer schön.

„Guck ihr kein Loch in den Busen!", sagte Tanja.

Ich fuhr herum und wäre um ein Haar vom Barhocker gefallen.

„Markus, du bist keine zwanzig mehr; da wäre ich mit solchen Frauen wie Susi und hastigen Bewegungen eher vorsichtig. Hier – dein Brandy! Darf ich mir auch einen nehmen? Du wolltest doch nicht die ganze Flasche ..."

„Tanja, mein Gott, Tanja! Wo kommst du denn her?"

„Am Heiligen Abend betreibt man keine Gotteslästerung. Aber mir schmeichelt der Vergleich. Tja, ich dachte mir, was sollst du bei deiner Schwester in Münster, die eh Gäste hat. Typen, die ich lieber von hinten sehe. Dann dachte ich an Malte, an die Lammkeule. – Weißt du, Markus, es gibt noch Menschen, die nicht nur immer um sich kreisen. Wie siehst du überhaupt aus? Schrecklich. Hast du den Klabautermann gesehen? Und mach den Mund zu."

Ein ungemein verheißungsvoller Duft drang aus der Küche. Malte blickte mit hochroten Wangen (ich hätte ihn fast nicht wiedererkannt, den Hering, den netten) aus der Tür.

„Tanja", sagte er glücklich, „ich würde sagen, in zehn Minuten ist es soweit. Oh, Markus, willst du auch mitessen? Ich dachte, du bist mit der Dame von vorhin, äh, ich meine ... ach, schon gut." Tanja blickte mich misstrauisch an.

„Welche Dame?"

Ich überlegte die ganze Zeit, wie man Glück beschrei¬ben kann – Glück, am Heiligen Abend.

„Tanja, es war irgendeine Touristin, die sich verlaufen hatte. Ich hab sie nur kurz zum Zug gebracht, nein, zum Flugplatz, äh ..."

Sie zog ungläubig die Augenbrauen hoch und spielte mit ihrem roten Haar, das ziemlich zerzaust in ihre Stirn hing. Tanja trug einen bordeauxfarbenen Pulli und einen schwarzen, nicht mehr ganz neuen Rock. Sie sah göttlich aus.

„Du redest wirr, Markus Keller, aber – egal! Man kann dich keine drei Stunden alleine lassen."

„Das kann man wirklich nicht. Tanja, du siehst hinreißend aus!"

„O, danke! Ein Lob aus so berufenem Mund! Und ein seltenes noch dazu!" Ich sagte:

„Ich habe noch zwei Lammkeulen im Kühlschrank! Ich geh schnell und hol sie, okay?

Sie war um die Theke herumgekommen und stand neben mir. Ich nahm Tanja fest in den Arm.

„Nach der Lammkeule, mein Schatz", flüsterte ich ihr ins Ohr, „kommst du mit in mein Bett!" Ein rötlicher Feuerschein schoss ihr übers sehr weiße Gesicht.

„Oh, der Herr kommt, wann er will! Er tut, was er will, er verletzt, wie er will. Endlich sehe ich deinen wahren Charakter!"

Mein Griff um Tanjas Hüfte wurde intensiver. Ihre Bluse schob sich nach oben, und ich spürte ihr warmes, pochendes Fleisch in meiner Hand.

„Markus – nicht so hart! – Ja, – das genau ist dein wahres Gesicht! Seit Monaten gaukelst du mir den Schöngeist vor, und nun kommt Dracula zum Vorschein! Und du riechst schrecklich nach Alkohol, nach Tabak. Du bist unrasiert, und ..."

Sie schlug mir mit ihren kleinen Fäusten auf die Brust. Aber nicht allzu hart. Mann, wie schön sie war! Auf einer Skala von eins bis zehn hatte sie die Zwölf!

„Tanja, ich liebe dich! Ti amo. Und komm bitte nachher in mein Bett!"

„Das sagtest du bereits. Und wenn ich nicht will?"

„Das ist mir ja so egal! Dann nehme ich dich mit Gewalt

mit, und ..."

„Markus, ist schon gut. Ich verabscheue Gewalt in jeder Form. Vor allem an Heiligabend. Ich komme freiwillig mit! Als Lover bist du wahrscheinlich auch ein Versager!" Ich stellte mir vor, zirka dreihundert Jahre mit ihr verheiratet zu sein. Die Themen gingen uns nie aus, da sich das Wetter ja täglich ändert. So stotterte ich:

„Ich bin ein vollkommener Versager."

„Ach, du. – Ich liebe dich ja auch. Ti amo !"

Und dann küsste ich sie und sagte: „Eigentlich müssten wir jetzt im Kirchenchor in Gerresheim singen, aber die können es auch ohne uns ganz gut, denke ich."

„Seht mal!", rief Malte erstaunt. „Da ist der Stern von Bethlehem!" Wir rannten zum Fenster. „Oh, Malte, du hast wieder mal zu viel getrunken", sagte Tanja, die sich den verschmierten Mund abwischte.

An diesem Abend wunderte mich nichts mehr. Es war ja wohl alles umgekehrt. Tatsächlich. Von fern konnte ich das Brausen der See hören, das Kreischen der Möwen, das Schmatzen der Wellen, und über allem diese völlige Schwärze, wenn man von dem hellen Punkt absah, der sich seinen Weg ins Firmament bahnte.

Es war Chers Flugzeug, und eine kostbare Sekunde lang bildete ich mir ein, zu sehen, wie sie am Fenster sitzt und Tanja, Malte und mir zuwinkt.

Minty geht fremd!

Sie kam mit einem Lachen im Gesicht auf die Welt. Im Laufe der Jahre ist Minty aber das Lachen vergangen, und sie stellte fest, dass das einfache Leben gar nicht so einfach ist …

Heute blickte sie auf die leere Schönaustraße, dann auf die Uhr. Es ist kurz vor Dienstschluss. Sie arbeitet bei der Post, um die Ecke von Los Locos. Die Straße lag unter einer dicken Schneedecke, und somit wissen wir, dass diese Story nicht ganz neu ist, denn wann lag in Gerresheim zum letzten Mal Schnee? Es war Freitag, was Minty leichte Übelkeit verursachte, denn ein langes Wochenende stand ihr bevor. Mit ihren vierunddreißig Jahren fühlte sie sich für Discos zu alt, und ihre wenigen Freundinnen verbrachten die Tage natürlich mit ihren Männern. Sie sah in den Spiegel. Ihre Mundwinkel rutschten dabei noch mehr nach unten. Wir schreiben Mitte November, in dem es – kaum ist die Trauerzeit des düsteren Monats vorbei, bereits den ersten Lebkuchen gibt. Der wunderbare Kirchenchor von Sankt Margareta übte montags bereits für die Messe an Heiligabend, und Minty schluckte, wenn sie daran dachte. Einsam zu Hause, als Trost die Filme Sissy eins bis drei. Und vier Flaschen Rotwein mit Cracker von Aldi. Na, Mahlzeit …

Minty war blass, schmal, hager und trug einen verhuschten dunkelblonden Zopf, eine seltsame Frisur. Dann gab es noch die altmodische Brosche oben an der Bluse, wie bei einer Gouvernante um 1900 in Downton Abbey. Die dicke braune Hornbrille machte Minty auch nicht schöner. Es war nicht so, dass sie noch nie Verehrer gehabt hatte, aber - na, jaaa … Nun fand sie ihre Liebhaber in Büchern von Niklas Sparcks oder in Fernsehserien, wie Rote Rosen. Eine leise Melancholie überkam sie. Sie war alleinstehend, konnte machen was sie wollte, musste niemanden bewirten und konnte sich gehen lassen und Let's dance gucken, ohne dass jemand meckerte . Es war so ruhig. So entspannend und – so langweilig!

Die wenigen Beziehungen, die sie hatte, endeten für sie jedes Mal in einer seelischen Katastrophe. Da sie sehr zart besaitet war, litt sie bei jeder Trennung wie ein Tier, das niemand haben will. So saß sie lieber in der Basilika Sankt Margareta am Samstagabend, genoss die Stille, atmete den Duft uralten Gestühls ein, ein fester Punkt in einer völlig haltlosen Zeit. Der Samstag war ihr lieber als der Sonntag, wenn die Basilika überfüllt ist. Samstags war es nicht so voll, und es gab weniger Paare, denen sie neidisch hinterher blicken konnte. Nach der Messe ging Minty nach Hause, aß etwas aus der Tiefkühltruhe, oder brachte sich Gyros von „Ulla" mit, der Pommesbude an der Ecke. Sie wohnte im kleinen und schmalen Beginen-gässchen, in der Nähe des schönen Gerricusplatzes mit dem Historischen Brunnen. Dahinter erhebt sich stolz Sankt Margareta, und davor ist ein kleiner Platz, auf dem bald die Weihnachtsbuden stehen würden. Mintys Woh-nung war winzig, wie alle in dem jahrhundertealten Gäss-chen. Die Mauern standen schief, die Fenster waren klein und schmal. Aber eine schöne alte Laterne warf ihr fahles Licht auf die holprigen Stufen. Minty hatte in ihrem Wohn-zimmer einen Adventskranz von Kodi zu 9,99 Euro auf dem wackeligen Tisch stehen, im hinteren Stübchen war das Bett, und nur wenige Möbel, die sie vom Sperrmüll geholt hatte, befanden sich in dem spartanischen Raum. Alles erinnerte irgendwie an eine Klosterzelle. Dann noch Beginengässchen! Sie waren Frauen im Spätmittelalter, die fromm und ehrfürchtig lebten und ein Armuts- und Bußideal pflegten. Gut, so weit war es mit Minty noch nicht gekommen, aber vielleicht würde ihr später gar nichts anderes mehr übrigbleiben. Alleinstehend, kein großer Freundeskreis, von einem Liebhaber – den ihre Kolleginnen LOVER! nannten, ganz zu schweigen! Und wie schwärmten sie von den Männern, die sie in Kneipen kennen gelernt hatten. In den ersten Wochen sprach man nur von den super aussehenden Typen, aber wenig später mussten die Mädels von Minty getröstet werden, weil die Herren fremdgingen, Muttersöhnchen, oder Dauergast in der Ausnüchterungszelle waren. Na, darauf kann ich auch verzichten, dachte Minty. Dann bleibe ich lieber alleine in meinem Stübchen und starre erst den Fernseher, dann die Wand an. Bald kämen die Weihnachtstage! Endlose Stunden der Einsamkeit, die nur von ihrer demenzkranken Mutter unterbrochen wurden; man schenkte sich gegenseitig Sachen, die beide verachteten, aber die Freud sollte trotzdem groß sein. Ihrem Vater war sowieso alles gleichgültig, Hauptsache, er konnte stundenlang mit zerfurchter Stirn über einer Seite aus der Bildzeitung grübeln, als sei es eine schwierige, wissenschaftliche Abhandlung. Er benahm sich also so, wie fast alle Männer …

Minty würde sich mit alten Doris Day- und Rock Hudson-Filmen aus der Kiste trösten. Und natürlich die Helene-Fischer-Show, pünktlich am zweiten Weihnachtsfeiertag, so, als sei Minty bereits achtzig. Auf dem Tisch Pralinen und ein Cognac von Aldi. Trotzdem war Minty besser dran als ihre Nachbarn, die sich ständig an den Feiertagen anschrien, weil ihnen alles zu eng war. Dann noch Silvester! Alle Paare gingen Arm in Arm über die Heyestraße, nur Minty nicht. Diejenigen, die allein waren, verschwanden mit Alkohol in den Tüten in ihre jämmerlichen Buden. Nein- wie schrecklich!

Minty zappte sich gelangweilt durch die Kanäle und blieb meistens bei einem Liebesfilm hängen. Ab Mitternacht sah sie sich Horrorfilme an und wünschte sich, jetzt einen starken Mann neben sich auf dem Sofa zu haben. Nur- da war keiner. Zum Trost dachte sie an ihre Kolleginnen, die meistens den Falschen erwischten, oder mit vier Kindern geschwängert wurden, so dass sie keines klaren Sinnes mehr fähig waren. Trotzdem – ein Mann wäre schön …

Der heutige Psychothriller handelte von einem Killer, der seit Jahren in der Todeszelle sitzt, weil er Frauen erwürgt hatte. Das Verrückte daran war: er bekam jede Menge Liebesbriefe von Damen, die er gar nicht kannte! Minty verfolgte einmal atemlos eine Doku in 3 Sat, die sich mit genau diesen Frauen befasste. Einige haben diese Häftlinge sogar geheiratet. Uhhh ... Ein wohliger Schauer durchrieselte Minty. Dabei dachte sie an alte Tagesschauausschnitte von Soldaten die aus dem Zweiten Weltkrieg als Sieger heimgekehrt waren. Sie standen auf den Brücken der Schiffe, und als sie in den Hafen einfuhren, winkten ihnen völlig fremde Frauen lechzend entgegen. Sie hatten ihre Büstenhalter und Slips in den Händen und winkten den Helden zu. Ein Kommentator meinte dazu: „Tod und Sex sind die härteste Droge!" Minty dachte daran, was geschah, als diese Weiber mit den Soldaten allein waren. Sex auf der Richterskala 8. Häuser mussten evakuiert werden, und Erdbeben brachen aus!

Aber wie verträgt sich das mit der Me-Too-Debatte? Selbst Gott wird aus uns Frauen nicht schlau ...

Aber nun kam Minty wieder zurück in ihre Poststelle, also in die Freitagsdepression zur Winterszeit.

„Hallo, machen Sie schon dicht?" Sie fuhr erschrocken herum. Ein Kunde stand hinter ihr und grinste Minty an. Er war um die vierzig, blond und kräftig gebaut. Sein strahlendes Lächeln tat ihr gut. Oh- es war der nette Typ, der leider immer nur von Mintys Kolleginnen bedient wurde. Sie war immer neidisch darauf. Und nun stand er hinter ihr – und sie war allein! Eigentlich war er zu klein, aber andere Kerle waren dafür zu groß. Oder zu dick. Oder zu langweilig. Mann, was will ich eigentlich?, dachte sie verzweifelt. Minty stotterte:

„... N - nein, natürlich nicht."

Dabei war es schon kurz nach sechs.

Er überreichte ihr feierlich einen Abhol-Schein. Rasch verschwand sie nach hinten und kam kurz darauf mit einem Päckchen zurück.

„Danke, sehr freundlich von Ihnen. Dabei haben Sie ja bereits Feierabend." Erschrocken fiel Minty ein, dass sie vergessen hatte, nach seinem Ausweis zu fragen. Doch nun wollte sie ihr Gesicht nicht verlieren. Der Mann blickte auf ihr Namensschild.

„Ich danke Ihnen, Frau M. Kaiserlink. Darf ich Frau M. Kaiserlink fragen, ob sie jetzt ein Bier mit mir trinkt?" Um seine blauen Augen herum bildeten sich Lachfalten wie Spinnweben. Er strahlte eine innere Kraft aus, einen Halt, den Minty schon lange gesucht hatte. Er trug ein schwarzes Baumwollhemd, eine dunkle Jeans und hatte einen modischen Parka an.

Minty war vollkommen verblüfft. Dann errötete sie. Blöde Zicke, dachte sie. Da ist endlich mal einer, der dich nach tausend Jahren einlädt, und du weißt nichts zu sagen. Langsam und vorsichtig öffnete sie ihren Mund:

„Ich - äh - habe leider andere Verpflichtungen. Tut mir leid. Außerdem kennen wir uns ja gar nicht." Dumme Kuh!, dachte sie. Du hast doch eben noch den Abholschein mit seinem Namen darauf gesehen! Wie kann man nur so blöde sein?

„Na, da kann man nichts machen. Vielleicht später einmal?" Doch nun nahm sie all ihren Mut zusammen.

„Das heißt, wenn ich es mir recht überlege … Ich kann meine Termine auch absagen." Minty sah ihn mit riesigen Augen an, als erwarte sie ein Todesurteil. Er meinte: „So schnell?" Sie antwortete rasch:

„Kein Problem. Meine Freunde sind flexibel."

Fünf Minuten später saß sie mit ihm in einem alten Audi. Der Wagen war vollgestopft mit Werkzeug, Winkeln, Wasserwaagen und mancherlei anderes Unbekannte. Minty dachte:

Ich weiß noch nicht mal, wie er heißt! Dabei stand sein Name ja auf dem Abholschein. Blöde Kuh. Und wie kann ich nur so dumm sein und bei einem völlig Fremden in den Wagen steigen! Wer weiß, was morgen auf Seite eins der Bild-Zeitung steht? Junge Postbeamtin von einem Mörder zerstückelt! Ihre Leichenteile wurden im Aaper Wald gefunden! Dieser Gedanke erfüllte sie aber mit einem herrlichen Erschauern, einer irren Lust. Minty hatte plötzlich Angst vor ihren eigenen Gefühlen. Der Mann sagte: „Ich heiße Florian Baumgart und übe einen total exotischen

Beruf aus. Ich bin Maurer. Meinen Sie, Sie könnten das komplizierte Wort aussprechen?" fragte er lächelnd. Endlich verstand Minty mal etwas und lachte. Sie antwortete: „Tja, das ist tatsächlich exotisch; jetzt, wo jedermann Banker, Fonds-Berater, Designer ist oder in der Werbung arbeitet."

Florian fuhr langsam durch Gerresheim hindurch, und die Sonne war kaum noch zu sehen. Die Benderstraße war weihnachtlich geschmückt, und ein paar Ladeninhaber fegten das Pflaster vom Schnee frei. Minty fragte vorsichtig:

„Wo fahren wir eigentlich hin?"

„Oh- ich dachte, ich lade Sie mal in den Trotzkopf ein. Ein gutes, spanisches Restaurant." Minty bekam Angst. Also doch- mitten im Wald! Erschrocken sagte sie:

„Ich mag spanisches Essen leider nicht. Können wir nicht italienisch essen gehen?" Ihr Herz schlug schnell, der Puls pochte. Sie dachte: und wenn er mir an die Wäsche will? Gleichzeitig fiel ihr die Szene mit den Soldaten ein, und Minty stöhnte. Aber Florian antwortete mit ruhiger Stimme:

„Ganz, wie Madame wollen. Was halten Sie von Giacomo?"

Sie nickte eifrig und dachte: da hätten wir auch gleich hingehen können, Da Giacomo ist ja um die Ecke der Post. Aber egal. Das Lokal war Minty einfach zu teuer, und mit wem hätte sie dort essen sollen? Florian parkte also an der Stadtsparkasse, und mit großem „Ciao- Bello!" wurde er von einem Kellner begrüßt. Doch nicht nur von ihm, sondern von zwei Freunden, die sich Guido und Ernst nannten. Sie wirkten irgendwie ordinär. Dann ein feistes Lachen, die Hemden offen, aus denen kleine Haarlocken quollen. Protzige Uhren, als seien sie Zuhälter. Beide sprachen dem Alkohol zu.

Den Grappa trinken sie wie Wasser, wie Minty später feststellte. Die muskulösen Männer mit Pomade in den Haaren saßen am Tisch neben dem Ausgang und grölten unangenehm durchs Lokal. Aber Florian begrüßte sie kurz

und herzlich. Einer von beiden pfiff Minty sogar anerkennend hinterher.

„Wie Sie sehen, bin ich hier kein Unbekannter," kommentierte ihr Begleiter. „wäre Ihnen der Tisch am Fenster
recht?" Minty nickte. Ein höflicher Maurer, dachte sie. Alles war weihnachtlich geschmückt, und Dean Martin sang
Jingle Bells. Minty war lange nicht mehr draußen essen
gegangen, und sie fühlte sich unsicher. Sie blätterte hilf-
los in der Speisekarte herum. Es waren zum großen Teil
alles „fremde" Gerichte, die sie nur aus dem Fernseher
kannte: Fiocchi mit Taleggiokäse- was ist das denn? Oder:
Duett vom Rindercapaccio! Sie blieb erleichtert bei Nudeln
hängen und wählte Maccaroni im Kaninchenragout. Da
war sie wahrscheinlich auf Nummer sicher! Gottlob wählte Florian einen Wein aus, das also blieb ihr erspart. Im
anderen Fall hätte sie sich für ein Pils entschieden. Minty
spürte, wie sich ihre Wangen vor Aufregung rot färbten.
Da geschah etwas Merkwürdiges: als sich Minty hinsetzte
und in seine blauen Augen sah, fiel ihr eine unbekannte
Last ab. Ihr Bauch entspannte sich, und Minty fühlte sich
geborgen. Sie holte tief und gelöst Luft. Bei anderen Menschen, die ihr gegenübersaßen, verkrampfte sie sich und
war ständig unter Spannung. Bei Florian nicht. Als sei er
ihr älterer Bruder, der alles Leid vertreiben würde.
Florian entschied sich für eine Fischplatte und wählte den
Wein treffsicher aus. Plötzlich war Minty in einer ganz an-
deren Welt als der ihren.
Endlich! Endlich. Was meine Mutter wohl sagen würde?
Und er sagte: „Nun verraten Sie mir mal, was das M. auf
Ihrem Namenschild bedeutet. Lassen Sie mich mal raten:
Magdalena, Monika …"
„Minty", antwortete sie errötend.
 Genau genommen heiße ich Mildred Theodora …"
Und Baumgart sagte: „Mein Gott …"
„Sie sagen es. Meine Mutter hatte so einen Adeligen-
Spleen, dabei war mein Vater bei der Post, genau wie ich."
Er sagte feierlich: „Ich erhebe also mein Glas auf Min-
ty Kaiserlink! Und ich heiße in Wirklichkeit Lord Reginald

Forthesque und arbeite inkognito.

Das dürfte Ihren Eltern imponieren. Nein, ich bin Maurer und habe lange Zeit in Brandenburg gearbeitet."

Seine Freunde am Nachbartisch sahen verstohlen zu ihnen rüber. Warum sind sie so grimmig? dachte Minty. Als es später wurde, erzählten sie sich Witze. Der Alkohol machte ihre Stimmen lauter. Guido sagte prustend:

„Ich kannte eine Hure, die so hässlich war, dass sie als Jungfrau beerdigt wurde!" Ernst haute sich vor Lachen auf die Schenkel, und die Gäste drehten sich bereits nach ihnen um. Minty dachte, oh, Guido hat bei seinem Witz in meine Richtung gesehen! Ob er mich damit meinte?

Draußen war es mittlerweile dunkel geworden. Leichter Nebel lag auf dem glitschigen Pflaster, das von einer alten Laterne gespenstisch erhellt wurde. Aber unser seltsames Paar unterhielt sich prächtig, und schnell waren die beiden Männer von vorhin vergessen.

Das Lokal war inzwischen so gut wie leer. Florian zahlte, wobei Minty ängstlich auf seine nächsten Worte achtete.

Langsam nahm Florian Mintys Hände in seine schwieligen, harten Finger und blickte sie lange an.

Sie dachte: Eigentlich bist du gar nicht mein Typ. Du bist zu klein, zu blond und du könntest schlanker sein. Aber: Ich liebe dich schon jetzt. Inzwischen umgaben dicke Schneeflocken das Restaurant. Drinnen war es angenehm warm, und Minty fühlte sich geborgen wie in einer Schneekugel. Sie holte befreit tief Luft. Gebannt lauschte sie seinen Erzählungen über seine Arbeit in Berlin oder Brandenburg, als würde er Abenteuer aus dem Urwald erzählen. Sie selbst erzählte kaum etwas; worüber denn auch?

Doch Florian sagte feierlich: „Das war ein sehr schöner Abend, Frau Minty Kaiserlink. Dabei ist etwas Schreckliches passiert."

Ihre Finger wurden eiskalt, ihre Augen öffneten sich in ängstlicher Erwartung. Frauen, wie sie, geben sich immer selbst die Schuld. Was habe ich wieder verkehrt gemacht? Immer mache ich alles falsch! Immer! Was ist denn um

Gottes willen geschehen?

Aber das letzte Wort konnte sie nicht mehr denken, denn Florian hatte sie geküsst.

„Das - genau das ist passiert", sagte er leise. Bei dem Kuss seufzte Minty so laut, dass sich ein paar Gäste zu ihr umdrehten. Was für ein Gefühl! Leise durchschauerte es ihren Körper, der in Florians Händen leicht vibrierte.

Später fuhr er sie nach Hause. Der Turm der Basilika lag im Mondschein, und eine Katze sprang miauend von der Mülltonne neben dem Beginengässchen. Es fehlte nur noch Pavarotti, der Nessum dorma singen würde; der aber war längst tot. Florian begleitete Minty zur Tür, und es war bitterkalt. Sie fröstelte. Er nahm sie in seine starken Arme, und am liebsten hätte sie ihn mit nach oben gebracht. Sex auf der Richterskale 8, und halb Gerresheim muss evakuiert werden. Und so weiter ... Stattdessen küsste er sie zum Abschied und verbeugte sich wie ein Herr alter Schule.

Florian sagte mit warmer Stimme: „Ich hoffe, wir sehen uns bald wieder." Minty antwortete blitzschnell und mit großen Augen:

„Morgen!?" Er nickte lächelnd und antwortete:

„Ich kann es kaum erwarten."

Die Träume, die Minty in dieser Nacht hatte, müssen an anderer Stelle wiedergegeben werden.

Sie trafen sich beinahe täglich, und wenn Florian wegen Überstunden keine Zeit hatte, schickte er einen Boten mit Blumen zu Mintys Poststelle. Ihre Kolleginnen tuschelten und platzten vor Neid. „Ausgerechnet dieee!", meinte Eva, als sie sich mit Kollegin Gabi unterhielt. Sie schüttelten die Köpfe. „Na ja," sagte Gabi herablassend. „Vielleicht hat der Typ eine soziale Ader und kümmert sich um Mauerblümchen. Wer weiß, wie lange der bei Minty bleibt? Ich gebe denen höchstens sechs Monate, dann ist es aus!", kommentierte Eva und schminkte sich die Lippen. Gabi zog ohnehin über jeden her. Letzte Woche waren es DJ Ötzi und Mark Foster.

„Wenn man nicht wüsste, dass die Zwei Sänger sind",

meinte Gabi abfällig, „könnte man denken, sie sind gerade aus der geschlossenen Psychiatrie geflüchtet. Schon vom Aussehen her." Wenig später zogen Minty und Florian zusammen. Es verschlug ihr die Sprache, als er ihr eine große Wohnung an der Metzkauser Straße zeigte. Sogar einen Vorgarten gab es, in dem ein kleiner Tannenbaum stand. Florian sagte mit strahlenden Augen, die so blau waren wie der Himmel und mit Lachfalten um die Lippen: „Was sagst du nun? Sollen wir hier einziehen?" Mintys Knie wurden weich, und sie hielt sich an der alten Laterne fest, die gottlob neben ihr stand. Sie dachte: „Mir macht jemand so einen Vorschlag! Mir, der kleinen, verhuschten Minty?" So fragte sie voller Zweifel:
„Sag ma, Flori. Was magst du eigentlich an mir?" Ihre Augen waren in ängstlicher Erwartung. Ohne zu zögern sagte Florian:
„Du bist erst auf der zweiten Blick schön. Der erste Blick ist nur etwas für die oberflächlichen Männer. Du hast eine Schönheit, die nie vergeht." Er küsste sie sanft auf die Augen. Mintys Knie wurden weich, und sie musste sich an ihm festhalten. Dann sagte sie: „Komm, lass uns ins Schlafzimmer gehen Da stehen zwar noch keine Möbel, aber Du kannst dann mit mir machen, was du willst ..."
Später ging sie einmal mehr in die Basilika und spendete vor der Madonna eine Kerze. Dann noch eine, für die Freunde von Florian, mit denen er anscheinend immer noch verkehrte. Sie waren hart arbeitende Maurer, die es gewohnt waren, mit Florian einmal in der Woche, am liebsten freitags, auf Sauftour zu gehen. Es endete häufig in Schlägereien und anderen Unannehmlichkeiten. Minty konnte sich Florian gar nicht in dieser Rolle vorstellen, zärtlich und höflich, wie er war.
Die ersten Tage ihres Zusammenseins bestanden aus Wärme und Liebe, aber wenig später zogen Wolken darüber. Diese Wolken hießen natürlich Guido und Ernst. Sie sahen noch ungepflegter aus als sonst, und man munkelte, sie hätten wegen übler Prügeleien die Stelle verloren. Trotzdem ließ sich Florian wieder mit ihnen ein, später

sogar alle drei Tage.

Jedes Mal kehrte er in den frühen Morgenstunden zurück in die gemeinsame Wohnung und fiel sturzbetrunken ins Bett. Minty fühlte sich angeekelt, vor allem, wenn er nachts schlimme Flüche ausstieß und sie beleidigte. Aber Frauen wie Minty geben sich selbst die Schuld.

Was habe ich falsch gemacht? dachte sie verzweifelt. Sieht mich Florian nun so, wie ich bin? Hässlich, unscheinbar und verklemmt? Hat er eine andere kennen gelernt? Ja, bestimmt! Jede Andere ist besser, schöner und intelligenter als ich. Dann weinte sie in die Kissen hinein. Wie schön hatte sich Minty Weihnachten mit Florian vorgestellt! Endlich würde er ihre Eltern kennen lernen und sie die Seinen. Und nun?

Am nächsten Abend kam Florian von einem seiner Kneipenbesuche aus dem unteren Gerresheim zurück und sah einfach grauenvoll aus. Die Haare hingen ihm wirr ins Gesicht, die Hose war zerrissen, und über dem karierten Hemd floss Erbrochenes. Er deutete mit dem rechten Zeigefinger auf Minty, die zusammengekauert auf dem Sofa saß, die Knie angezogen, den Mund halb geöffnet.

„Minty", sagte er, „Minty, wenn du auch nur ein einziges Mal fremdgehen solltest, breche ich dir alle Knochen. Ich reiße dir den Kopf ab und werfe ihn vor die Basilika! Und die braven Leute, die aus der Messe kommen, schreien vor Grauen halb Gerresheim zusammen. Alles klar, Minty? Alles klar?" Danach fiel er um und blieb acht Stunden ohne Bewusstsein. Minty war übel, zu Eis erstarrt. Drei Tage später war Florian wieder der Alte. Liebevoll und mit Wärme.

Sie wagte es nicht, ihn auf die ungeheuerlichen Sätze anzusprechen. Erstens, weil sie wohl die Schuldige war, und zweitens, weil es ihr tatsächlich die Sprache verschlagen hatte.

Minty konnte zwei Tage lang nicht sprechen. Auf einen Küchenzettel schrieb sie:

„Ich bin erkältet, mein Schatz. Bitte verzeih mir." Und Florian verzieh ihr großzügig. Dann sagte er:

„Ich fahr` mal für ein paar Tage mit Guido und Ernst in die Eifel. Woll`n mal richtig einen drauf machen." Das beendete ihre Sprachlosigkeit. Sie antwortete:
„Ich dachte, wir wollten zuerst zu meinen Eltern fahren und dann zu deinen? Und hinterher freuten wir uns auf ein paar Tage in Paris. Paris – im Winter! Du hast es mir versprochen." Florian sah sie nur ungläubig an. „Tatsächlich? Das muss ich vergessen haben. Sorry. Also, bis die Tage!" Dann knallte er die Tür zu. Sie weinte eine Stunde lang. Ich muss hier raus! dachte Minty und rannte auf die Straße. Zwei Stunden irrte sie durch Gerresheim, um den Kopf frei zu kriegen. War Flori ein Alkoholiker, und sie hatte es vor lauter Liebe nicht bemerkt? Hmmm … In ihrer Gegenwart trank er nicht viel, ein paar Glas Wein oder zwei Bier, mehr nicht. Ob er sich heimlich mit Hochprozentigem zudröhnte? Vor allem waren seine Kumpel die Auslöser seiner Gelage, das war klar. Minty war ratlos. Ihr fiel ein, dass sie häufig von den wenigen Leuten, die sie angesprochen hatten, gefragt wurde, ob sie denn gar keinen Alkohol trinken würde. Im Nachhinein stellte sie fest, dass es sich um Menschen handelte, die selber Alkoholiker waren und krampfhaft nach Verbündeten suchten; sie fühlten sich in Mintys Gegenwart nicht wohl. Normalen Konsumenten in Sachen Wein und anderem fiel es gar nicht auf, dass sie nur Fanta, Kakao oder Wasser trank.
Der nun einsetzende heftige Schnee machte Minty klatschnass. Unschlüssig ging sie um 19.55 Uhr ins Neusser Thor, um sich zu betrinken. Ja- warum eigentlich nicht? Wer weiß, dachte sie, wie ich mich dann fühle? Vielleicht bin ich dann Florian ebenbürtig und poliere ihm die Fresse! Sie erschrak wegen ihrer Wortwahl und setzte sich mutig an einen der wenigen freien Tische. Auf einem Plakat wurden Blindfish Pete und Klaus Grabenhorst angekündigt, die hier am nächsten Sonntag Elvis-Songs singen und spielen würden. Eine schöne Weihnachtstradition im Neusser Thor. Wann war Minty zum letzten Mal alleine ausgegangen? Nie? Bestimmt! Sie bestellte sich einen Korn, dann ein Bier. Der ungewohnte Alkohol brannte in

ihrem Hals, und sie hustete. Sie dachte: mit dem Kopf kommt man auf die Welt, aber es dauert Jahrzehnte, bis man auf den eigen Beinen steht. Dann hustete sie noch mehr, und als Minty kurz vor dem Ersticken war, spürte sie eine hilfreiche Hand auf ihrem Rücken, die ihn klopfte. An der Hand hing ein attraktiver Mann um die Dreißig, dunkles, straff nach hinten gekämmtes Haar und ein schmales, mitleidiges Gesicht.

„Geht es Ihnen besser?", fragte der Fremde. Minty nickte und war ganz rot im Gesicht.

„Sie sind im letzten Augenblick gekommen", sagte sie dankbar. „Um ein Haar wäre ich in der Sana-Klinik gelandet. Aber setzen Sie sich doch zu mir." Der Mann nickte dankbar und sagte:

„Henry Kettler, ich bin nicht oft hier. Und wem habe ich eben das Leben gerettet?" Minty traute sich kaum, sich vorzustellen, aber zu ihrer Überraschung verzog Henry keine Miene, als er ihren Vornamen hörte. Er war deutlich größer als Florian und äußerst attraktiv. Seine Aussprache war die eines Gentleman mit besten Manieren. Ein teures, schwarzes Sakko, ein ebenso dunkles Hemd mit Manschettenknöpfen darunter und wahrscheinlich sehr kostspielige Schuhe von der Kö. Florian hatte meistens Sachen an, die alle zusammen nicht mehr als achtzig Euro kosteten: Jeans, Baumwollhemd und Schuhe von Deichmann, wie fast alle Frauen und Männer. Ziemlich schlabberig das Ganze, und Minty fragte sich, ob das keinem bewusst ist. Minty selbst legte Wert auf gute Kleidung, leider konnte sie sich nicht viel leisten, aber vieles kam aus Boutiquen oder sogar von der Kö. Heute trug sie enge, schwarze Hosen und einen weinroten Pulli, über den ihr Zopf malerisch fiel. Die schmale Silberkette war ein kostspieliges Geschenk von Flori.

„Bitte zwei Pils und zwei Korn!", sagte Henry zur Kellnerin. Minty blickte ihn verblüfft an. Er meinte lächelnd:

„Sie trinken bestimmt nicht viel, das sieht man. Aber zu zweit besteht keinerlei Gefahr. Wissen Sie, so kurz vor Heiligabend bin ich nicht gerne alleine. Meine Eltern wohnen in Bayern. Mit ihnen komme ich ohnehin nicht klar, und Freunde habe ich auch nicht viele. Und dann noch mein Beruf als Übersetzer für Verlage. Da kommt man ohnehin kaum hinaus. Aber ich rede und rede …. Was machen Sie denn eigentlich?" Da erzählte Minty von ihrem unbedeutenden Leben, Florian aber wurde außen vorgelassen. „Wissen Sie", unterbrach Kettler ihren Bericht, „es gibt unzählige Akademiker, die neidisch auf Ihren Beruf sind." Minty blickte ihn mit großen, rehbraunen Augen an. „Nicht alle von der Uni bekommen sofort einen Job, für den sie studiert haben. Einige werden Taxifahrer, und viele andere würden alles dafür geben, wenn sie verbeamtet wären – so wie Sie!" Das konnte Minty kaum glauben, aber wann las sie mal die Zeitung oder sah die Nachrichten im Fernseher? Minty bevorzugte Rote Rosen, Der Bergdoktor, oder Kochsendungen. Vor allem liebte sie Tierfilme. Gut, sie las ab und an auch ein Buch, nur keine Thriller. Die regten sie auf. Das Leben war für Menschen mit ihrer zarten Seele ohnehin unerträglich genug. Minty war wie viele Frauen, was Krimis betraf; zumindest nach einer Studie der Zeit. Das weibliche Geschlecht labte sich an brutalen Filmen, konnte aber keine Hardcorebücher lesen. Bei Männern ist es genau umgekehrt. Sie dachte, Florian würde sie davor beschützen, aber was war das für ein Irrtum! So las sie lieber englische Krimis, die auf dem Lande spielten. Mit Humor und wenigen Ereignissen; einem gemütlichen Kommissar, der ständig Tee trank und einen Assistenten hatte, der genau so unterbelichtet war, wie Minty. Minette Walters und Ruth Rendell zum Beispiel, waren Meisterinnen darin, was die Queen auch mit einem Orden zu belohnen wusste. Welcher Autor kann das schon von sich behaupten?

Wenn Minty gewusst hätte, was nun auf sie zukam, hätte sie schreiend das Lokal verlassen. Es war manchmal schlimmer als in einem Fitzek-Thriller …

Sie redeten stundenlang miteinander, auf hohem Niveau, es schien, als kenne man sich aus Kindertagen. Henry erzählte von seiner Mutter, die seinem Vater aus der Hand frisst. Und plötzlich fehlte ihm ein Arm. Minty musste darüber so laut lachen, dass sie sich an ihrem vierten Bier verschluckte. Henry sagte:

„Das ist natürlich gelogen. Dieser Bonmot stammt von Woody Allen, von wem sonst?" Von Woody Allen hatte sie noch nie gehört. Sie fragte, nach dem sechsten Schnapsgedeck mit Bier:

„Schreibst du auch selbst?" Irgendwie war man beim für Minty ungewohnten Du gelandet. Kettler dachte nach und sagte spitzbübisch:

„Ja, schon. Wenn ich mal keinen Auftrag habe, schreibe ich unheimliche Geschichten." Das wunderte Minty nicht.

„Gerade arbeite ich an einer Story über einen jungen Mann, der krebskrank war, und der Schwarzen Madonna, die in Benrath steht. In Sankt Cäcilia. Ganz hinten in der Ecke. Die Madonna ist an sich schon etwas spooky. Und wieso sie schwarz ist, weiß auch niemand so genau. Man hat vermutet, sie sei von den Kerzen geschwärzt, das aber wird inzwischen abgestritten. Im Winter war ich mal dort, als es dunkel war und nur ein paar Kerzen schienen. Die Madonna sah wie ein schöner Dämon aus. Schatten glitten durch die Kirche, es herrschte völlige Stille. Und als es dann irgendwo knarrte, bekam ich einen so großen Schreck, dass ich aus der Kirche rannte. Dabei sah ich ein uraltes Bild, das vor der Madonna an der Wand hing und einen Mann darstellte, der wie wahnsinnig schrie: Du hast mich verführt, und ich habe mich verführen lassen! Draußen war es stockdunkel, und ein Gewitter tobte wie in einem billigen Horrorfilm. Klatschnass setzte ich mich ins Auto und fuhr schnurstracks nach Hause. In dieser Nacht hatte ich die schlimmsten Alpträume meines Lebens. Gott – diese langen, schwarzen Tentakeln, die unter meinem Bett hervorgekrochen kamen und nach mir schnappten ..." Minty fröstelte.

„Als ich eine Woche später im Hellen wieder in dem Gotteshaus war, war das unheimliche Bild im Raum vor der Madonna, das mich in Angst und Schrecken versetzte, verschwunden. Irre, was?"

Minty nickte und zitterte leicht. „Wie dem auch sei: Mein Held, nennen wir ihn Sebastian, hat der Schwarzen Madonna geschworen: „Wenn ich gesund werde, will ich dir mein Leben weiher!" Die sehr große Madonnenskulptur ist geschmückt wie eine Königin, mit Szepter und Krone und hält ein ebenso schwarzes Kind auf dem Arm. Der Gesichtsausdruck der Mutter ist ernst, streng, und das Werk stammt aus dem 17. Jahrhundert."

„Und?", fragte Minty, die die Ohren gespitzt hatte. Draußen fiel Schnee in weichen Flocken, die aber nicht lange liegen blieben. Vor der Stadtsparkasse lag ein Betrunkener vor der Tür und grölte herum. Ein paar frierende Gerresheimer warteten darauf, dass die Ampel an der dortigen Kreuzung grün anzeigt, aber man sollte sich etwas zu Essen mitbringen – vielleicht auch Lektüre, denn das kann gefühlte Stunden dauern. Henry hatte es sich kurzfristig vor dem Eingang des Neusser Thores in der Kälte mehr oder weniger gemütlich gemacht und rauchte zusammen mit ein paar Zechbrüdern. Dann kam er händereibend wieder herein. Sein Gesicht war beinahe blau gefroren. Minty platzte vor Neugier, wie denn diese Geschichte ausgehen würde. Henry fuhr fort:

„Tatsächlich wurde Sebastian bald wieder gesund, was den Ärzten ein Rätsel war. Noch niemand hatte diese Krankheit in diesem Stadium überlebt. Sebastian lebte frohgemut weiter, aber jedes Mal, wenn er mit einer Frau zusammen war, kam diese ums Leben. So, als würde die Schwarze Madonna eifersüchtig ihre Finger im Spiel haben. Verschwörungstheoretiker behaupten, das Material stamme nicht von dieser Welt, sondern aus einer Epoche, weit vor unserer Zeitrechnung. Sie wurde von namenlosen Klauen aus einer anderen Galaxis gefertigt. Sebastian war am Anfang verzweifelt. Seine Freundinnen kamen eine nach der anderen auf schreckliche Weise ums Leben. Doch er erinnerte sich seines Schwures und wurde in Sankt Cäcilia Küster, bis an sein Lebensende. Er wohnte in einer verkommenen Mansarde am Benrather Schloss und widmete sich frommen Traktaten und murmelte Unverständliches

vor sich hin. Sebastian starb in völliger Einsamkeit. Man fand ihn tot auf der Kirchentreppe, und inzwischen sah er aus wie eine riesengroße Made. Sein Gesicht war gelb, er schien keine Augen mehr zu haben, und sein Mund bestand aus einem riesigen Loch, das den schwarzen Himmel anklagte. Verrückt, was?" Minty nickte. Dann sagte sie etwas bedrückt:
„Kannst du die Geschichte nicht gut ausgehen lassen? Also ein Happy End? Bötte, bötte, bötte!" statt bitte, bitte, bitte. Minty klatschte in die Hände wie ein kleines Kind, das bettelt. Ihre Augen weiteten sich in gespannter Erwartung. Henry überlegte und sagte dann:
„Gute Idee! Wie stellst du dir das Happy End vor?" Und beide überlegten, diskutierten, als kenne man sich schon fünfzig Jahre. Nach zwei Stunden und unzähligen Drinks sagte Henry leise: „Irgendwie könntest du die Schwarze Madonna sein. Du erinnerst mich an sie." Minty blieb die Luft weg. Und dann küsste er sie. Sie dachte:
Warum habe ich Henry Kettler nicht ein Jahr eher kennen gelernt? Der passt viel besser zu mir als Florian, der mir immer nur von seiner Arbeit erzählt. Von Fußballspielen oder von Computern. Aber lieb ist er trotzdem! Henry mag die Oper, Literatur und Barockmusik. Er weiß scheinbar alles. Ohhh, was für ein Schlamassel. Das kann ja auch nur mir passieren." Dann schlang sie ihre Arme um Henrys Hals und küsste ihn überschwänglich. Ihr Herz pochte wie verrückt, sie bekam kaum noch Luft. Und überall an Henrys Körper waren Mintys Hände. Seine Rechte hatte sie selbst unter ihren Pulli geschoben, und Henry stöhnte. Ein paar Gäste drehten sich bereits nach ihnen um und lächelten verständnisvoll. „Ja, ja, Weihnachten, das Fest der Liebe", brummte an der Theke ein Mann, der um die Achtzig war. Dann fiel er betrunken vom Barhocker.
Es kommt, wie es kommen muss. Minty und Henry gaben sich nun endgültig dem Alkohol hin und landeten wenig später sturzbetrunken in Mintys Doppelbett.
Wie sie zu Minty nach Hause kamen, war ihr, auch Jahre später, völlig unklar. Sie spürte die Matratze unter ihrem

Rücken, als sich Henry auf sie warf. Sie fühlte die Flasche Sekt in ihrer rechten Hand, die sie aus dem Lokal mitgebracht hatten Vor allem fühlte sie seine Hand, die sich an ihrer Bluse zu schaffen machte. Dann spürte sich nichts mehr. Um elf Uhr des kommenden Tages erwachte Minty. Ihr war unglaublich übel, und das Bett sah wie ein Schlachtfeld aus. Sie versuchte, sich zu erinnern. Henry! – dachte sie entsetzt. Henry! O mein Gott! Aber Henry war nicht da. Der verfluchte Alkohol! Auf dem Nachttisch lag ein abgerissener Zettel: „Ich muss ein Buch dringend übersetzen. Mein Chef rastet sonst aus. Es war schön mit Dir. Pass gut auf dich auf! Gruß - Henry." Minty dankte dem Schöpfer, dass Florian weit weg in der Eifel war. Ohh – war ihr schlecht! Der ungewohnte Alkohol. Alles drehte sich, ihr war speiübel. Da ging das Telefon. Nur mit Slip und einem zerrissenen T-Shirt bekleidet, nahm sie den Hörer ab.

„Ja, wer ist da? Henry? Bist du es?"

„Was für ein Henry?", fragte Florian Baumgart. Minty erstarrte.

„Hi, Liebling!" sagte sie beklommen. „Habt ihr schönes Wetter in der Eifel?"

„Es ist etwas Unerwartetes passiert. Das kann ich dir aber nur persönlich sagen. Ich bin in zirka einer Stunde bei dir."

„D … du bist nicht mitgefahren? Habt ihr euch gestritten?"

„Nein, aber ich muss unbedingt mit dir sprechen. Also, bis kurz nach zwölf. Ciao."

Minty glotzte den Telefonhörer an, als wäre er ein Ding aus einer anderen Welt. Er sah doppelt aus! Mist Alkohol! Dann blickte sie erschrocken auf das chaotische Bett und dachte an Florians Putzfimmel.

Oh, Gott! Oh, mein Gott! Es sollte nicht zum letzten Mal sein. Sie begab sich ins Bad, um sich zurechtzumachen. Zuerst duschen, natürlich. Und den Kater wegbekommen- aber wie? Plötzlich hörte sie eine Stimme im Bad, eine Stimme, die hallte: Aber als sie in das Waschbecken sah, schrie sie laut auf.

Es war über und über mit dunklen Bartstoppeln bedeckt. Zu allem Unglück hatte Henry wohl Florians Rasierapparat benutzt. Minty hatte noch nie einen Rasierer geöffnet. Verflixt! Florian war ja blond und Henry dunkelhaarig. Sie musste sofort den Apparat säubern, aber wie? Sie nahm eine Nagelfeile und brauchte zehn Minuten. Dabei stach sie sich in die Hand, und das Blut floss ins Waschbecken. Minty suchte verzweifelt nach einem Pflaster, was sich in ihrem Kopf zirka drei Stunden hinzog. Fünf weitere Minuten dauerte das Wegwischen der Barthaare. Dieser Idiot! dachte sie. Danach war sie völlig verschwitzt. Noch immer war ihr übel vom Saufen letzte Nacht. Sie kniete sich vor das Klo und übergab sich. Dabei fiel ihr der Deckel auf den Kopf. Alles drehte sich noch mehr, und sie sah Sterne an der Decke. Sie blickte wieder in den Spiegel und schrie, wie sie noch nie geschrien hatte. Sie erblickte nicht sich selbst, hohlwangig und wie ausgespuckt, sondern – die Schwarze Madonna! Die Madonna grinst Minty höhnisch an und sagte: „Lass die Finger von Henry, er gehört mir!" Plötzlich drangen lange, klebrige und schwarze Finger aus dem Spiegel und ergriffen Mintys zitternden Körper. Glibberige Tentakeln schlangen sich um ihre Brüste, und eine schlängelte sich langsam nach oben – zwischen Mintys Schenkel. Sie kreischte wieder vor Ekel. Ich bin völlig verrückt, dachte sie. Völlig verrückt. Lieber Gott, bitte, hilf mir! Und wie auf Kommando pochte es an der Tür. Minty hörte eine näselnde Männerstimme: „Ich bin es, Beddoes. Ihr Amber Moon, Mr. Ratchett." Langsam, entsetzlich langsam öffnete sich die Tür. Auf der Schwelle stand ein englischer Butler um die Siebzig, mit beinahe geschlossenen Augen. In Dinner for one hätte er auch gut hineingepasst. In seiner rechten Hand trug er ein Tablett, auf dem eine rote Flasche und merkwürdige Dinge lagen. Der Mann sah angewidert aus. Natürlich von mir!, dachte Minty. Gleichzeitig wusste sie, dass dies die Rettung war. Klar, ich bin noch im Vollrausch, und mein Kopf platzt jeden Moment. Aber woher kenne ich diese Szene? Der Butler weiß die Antwort … Minty wusste, dass dort weder ein Butler stand, noch dass es eine Madonna im Spiegel gab. Aber ihr Herz pochte wie verrückt vor Grauen. Sie bekam kaum noch Luft. Dann riss sie sich zusammen und dachte angestrengt nach. Ahhh! Amber Moon. Natürlich! Das ist DIE Rettung! Der Drink enthält etwas Tabasco, rohe Eier, Whisky, zur Not auch noch Wodka. Und man ist sofort wieder nüchtern. Auf verrückte Weise fiel Minty vorhin diese Filmszene aus „Mord im Orientexpress" von Agatha Christie von 1974 ein. Mr. Ratchett würde bald das Zeitliche segnen (wie Minty, wenn es so weiterginge), und unter Verdacht stand sein Butler. Zudem noch elf andere Verdächtige mehr, denn Mr. Ratchett hatte ein Mädchen entführt, es getötet, sodass es dadurch noch sechs weitere Leichen gab. Ratchett wurde im Orient-Express von den Angehörigen der Toten buchstäblich hingerichtet. Nur ein Detektiv aus Belgien, wie Hercule Poirot, war in der Lage, den verzwickten Plan der Mörder, die eigentlich gar keine waren, zu entlarven. Minty raste in die Küche und suchte wie wild nach den Zutaten. Sie riss alle Schubladen auf und veranstaltete ein unglaubliches Chaos. Also so übel ist Florian gar nicht, dachte Minty. Schnell mixte sie den Teufelsdrink, kippte ihn hinunter und bekam einen Hustenanfall. Wieder musste sie sich an der Wand festhalten. Danach ging sie wackelig ins Bad, um zu sehen, ob auch alle weg waren. Die eifersüchtige Madonna war verschwunden, ebenso der hochnäsige Butler – puhhh …. Danach kam das zerwühlte Bett dran. Als sie es gemacht hatte, fiel ihr ein, dass vielleicht - oh Gott! –feuchte, erotische Spuren auf einen One-Night-Stand hinweisen könnten. Also: schnell, das Bett wieder ab - und neu bezogen. Als alles fertig war, keuchte Minty wie nach einem Dauermarsch in der Wüste. Plötzlich fiel ihr Blick auf die Glasplatte des Tisches. Auf ihr waren schmale Fingerabdrücke. Florians Finger waren breit, diese hier schmal. Wie sie ihren Mann kannte, wusste er die genaue Breite ihrer Finger. Sie rannte in die Küche und bespritzte erneut alles mit Fensterklar. Dann putzte sie wieder. Es war zwanzig vor zwölf. Da klingelte das Telefon erneut. Sie rannte aufgeregt zum Apparat.

„Florian, ich bin gleich fertig, ich ...“

„Was heißt hier Florian ? Ich bin`s, Henry Kettler, dein Lover von letzter Nacht! Minty hätte beinahe den Hörer fallen lassen.

„Henry was willst du? Gleich kommt Florian zurück! Der bringt mich um!“

„Was - Florian? Wieso!“

„Ich habe für Erklärungen keine Zeit. Was willst du?“

„Hast du den Bierdeckel gefunden?“

„Welchen Bierdeckel?“ Henry sagte:

„Na, auf den ich geschrieben habe: „Minty, ich werde Dich nie vergessen.“

„Bist du verrückt?“

„Ja, nein - ähhh ... Wir waren alle sturzbesoffen.“

„Wenn Florian den findet!“

„Da ist noch was, was ich dir sagen muss. Ich meine die Präservative.“

„Welche Präservative?“

„Minty, du stellst Fragen ...“

„Henry, haben wir denn miteinander geschlafen?“

„Ich weiß es verdammt nicht. Du musst die Dinger finden.“

„Und wo?“

„Das weiß ich auch nicht. Der verdammte Alkohol. Du, jetzt kommt meine Bahn, ich muss Schluss machen! Und pass` gut auf dich auf.“ Dann hatte er eingehängt.

Du mieses, intellektuelles Miststück! dachte Minty. Doch da kam das Grauen zurück. Es war kurz vor zwölf. Innerhalb von zehn Minuten musste sie einen Bierdeckel mit Liebesschwüren, sowie eine Packung Präservative finden. Sie musste duschen, sich anziehen, die Haare machen. Doch was sie fand, waren lediglich Henrys Manschettenknöpfe unterm Stuhl. Ihr wurde übel. Was hat die Kanzlerin noch Mal gesagt? „Wenn Nervosität die Lösung aller Probleme wäre, dann würde ich nervös ...“

Minty putzte wieder unsinnig über alle Tische und Schränke. Danach kroch sie unter das Bett, um Karton und Gummis zu finden. Nichts. Völlige Panik. Sie trug nur ihren Slip und schlüpfte hastig in das zerknitterte Nachthemd, auf dem Betty Boop abgebildet war. Ein kleines, aber durchtriebenes Mädchen mit schwarzen Haaren und einem kurzen Hemdchen. Doch sie hatte es faustdick hinter den Ohren.

Sie blickte in den Spiegel und sah das Haupt der Medusa vor sich; die Haare zu Berge, einen irren Gesichtsausdruck, in ihrem abgeschlagenen Kopf. Minty überlegte, vor wem sie sich in diesem vorweihnachtlichen Theater eigentlich am meisten fürchtete: vor Florian, mit einem Eisenrohr, vor Henry dem verflixten Lover, oder – oh nein! Vor sich selbst! Bin ich eigentlich diejenige, die am gefährlichsten ist? Auf der Schwelle zur Küche lag ein Herrensocken. Bestimmt keiner ihres Mannes. Verflixt!! Nein, in goldenen Initialen war HK zu lesen. Henry Kettler, der One-Night-Stand von gestern. Sie bückte sich, hob ihn schweißüberströmt auf.

Aber als sie halb gebeugt dastand, saß Florian Baumgart auf dem Küchenstuhl. Langsam öffnete sich ihr Mund zu einem Schrei.

Draußen heulte ein Schneesturm und fiel wie ein schwarzer Teppich gegen die Fenster. Sie fühlte, wie ihre Augäpfel nach vorne drängten. Florian hielt ein sehr langes Eisenrohr zwischen den groben Händen und starrte Minty aus blutunterlaufener Augen an. Krächzend sagte er: „Ich schlage dich jetzt tot und werfe deinen Kopf vor die Basilika." Eiskalter Schweiß rann zwischen ihren Brüsten. Sie fühlte etwas Kühles an ihrer Wirbelsäule entlanggleiten, als stünde eine Leiche hinter ihr, die sie mit dem dürren Finger berührte.

Als sie sich wieder erhob, spürte sie schon das Eisenrohr im Nacken. Aber der Stuhl war leer. Die ganze Küche war leer. Florian hatte nie dagesessen. Gleich wirst du verrückt, dachte sie. Nun war es drei Minuten vor zwölf, und sie glich einer Vogelscheuche, die in sich zusammenfiel. Da klingelte es herrisch an der Wohnungstür. Minty schleppte sich todmüde und völlig verängstigt vor den

Spion. Florian war zurückgekehrt. Wie so oft, hatte er den Schlüssel vergessen, oder in einer Kneipe liegen gelassen. Die Polizei! raste es durch ihren Kopf. Ich muss die Polizei anrufen. Doch ihr Unbewusstes schob den Riegel zurück. Florian war vom Schnee klatschnass. Die blonden Haare hingen ihm wirr ins Gesicht. Er sah aus wie ein tollwütiger Wikinger. „Willst du mich nicht reinlassen?" fragte er, gefährlich ruhig. Minty nickte und öffnete die Tür. Innerlich stieß sie einen leisen Schrei aus, als sie das sah, was er in der linken Hand hielt. Es war der Bierdeckel! Der Deckel war nur von hinten zu sehen, und auf der Vorderseite standen Henrys Liebesschwüre: Minty, ich werde dich nie vergessen! Und genau darauf blickte Florian. Minty stand kurz davor, sich zu übergeben. Aber Flori sagte ebenso ruhig wie traurig:

„Den muss wohl ein Nachbar verloren haben. Ich werfe das Ding einfach in den Müll. Ich möchte mal wissen, wer hier noch Minty heißt." Er sah aus, wie ein begossener Pudel, der alles wusste.

Flori bewegte sich wie ein alter, gebrochener Mann. Aber sein Atem war frisch und klar, was man von Mintys nun nicht sagen konnte. Florian wirkte unendlich müde und unendlich traurig. „Du", stotterte er.

„Ich habe mal über alles nachgedacht. Ich … ähhh …Was soll ich sagen, mir fehlen die Worte. Ich habe mich bei dir nicht gerade wie ein Gentleman benommen, von einem Partner ganz zu schweigen. Das ist mir gestern klar geworden, nachdem ich gesehen habe, was aus Ernst und Guido geworden ist. Zwei jämmerliche Waschlappen. Mit denen hing ich in Kneipen rum. Die kostbare Zeit versoffen und verprügelt. Verrückt, was? Dabei habe ich zu Hause den schärfsten Feger der ganzen Stadt im Bett liegen. Dieser Feger heißt Minty! Du hast das Herz am rechten Fleck, aber dafür ist meins nach links gerutscht …

Und nächste Woche fliegen wir nach Paris! Du und ich! Direkt nach den Feiertagen, und vorher lerne ich deine Eltern kennen." Dabei wedelte er lachend zwei Flugtickets durch die Luft. Minty verschlug es die Sprache. Sie fiel ihm um den Hals und weinte:

„So was Schönes hat noch nie jemand zu mir gesagt! "
Dann küsste sie sein Gesicht. Immer und immer wieder.
Sie wischte sich eine Träne aus den Augen, als sie in die
seinen sah. Sie küsste ihn so heftig, dass ihm die Luft
wegblieb. In diesem Glücksmoment sah sie die Packung
Präservative. Genau hinter Florian auf der Hutablage. Ihre
Halsschlagader schwoll bedrohlich an, die Diele wurde zu
Wachs, und die Fotos an den Wänden begannen zu flie-
gen, wie bei Salvador Dali. Zum Schreien war Minty nun
zu schwach.
Ich alte Schlampe! dachte sie. Ich Hure, ich Schnalle. Da
habe ich den besten Mann der Welt und kann nicht mal
eine Stunde treu sein! Und das kurz vor Weihnachten!
Florian drückte sie noch fester an sich, sodass sie kaum
Luft bekam. Immer und immer wieder küsste er seine
Liebste. Mit den letzten Kräften griff Minty nach der Packung, die hinter seinem Rücken auf der Ablage platziert
war. Ihre Finger glitten fiebrig prüfend darüber. Die Packung war voll. Die Packung war versiegelt. Die Packung
war - blau- versiegelt. Sie steckte sich die Gummis hinten
in den Slip hinein.
Und dann
fiel Minty
in Ohnmacht.

Wie könn't ich von dir gehen?
DAS Gerresheimer Weihnachtsmärchen

Zwei schräge Vögel

Der Winter hatte Gerresheim fest im Griff. Pater Martin stand vor der Basilika, die einer Skulptur aus Schnee und Eis glich, und er dachte: Bis jetzt habe ich innerhalb einer Stunde dreimal gesündigt. Wer weiß, wie viele Sünden noch hinzukommen..? Dann atmete er tief ein, die Luft kam wie Nebel aus seiner Nase. Die Fensterscheiben aller Häuser waren von Eiskristallen überdeckt, und ein paar Kinder spielten Fangen um den Historischen Brunnen herum. Und wer hatte an all seinen Verfehlungen schuld? Natürlich - eine Frau! Martin blickte verdrießlich auf seine alte Armbanduhr. Warum müssen Frauen immer zu spät kommen? Sie war ja auch eine seiner Sünden, oder war es im Grunde gar keine?

Er hätte sich eine wesentlich kostspieligere Uhr leisten können, aber das interessierte ihn nicht, denn er war seinem Gelübde auf Armut verpflichtet, das Mäßigung erforderte. Dabei war er so maßlos! Maßlos in seinen Studien, in seinen Meditationen und Hinwendungen zur Schönheit, womit wir wieder beim Thema Frau sind. Natürlich liebte der Geistliche prächtige Gärten und wundervolle Architektur. Aber wenn er die Wahl hätte?

Ungünstig für das kommende Himmelreich war auch Martins Begeisterung für Pferdewetten. Wenn er sein Geld nicht für Bücher und arme Leute ausgab, landete beinahe alles in eine der Losbuden auf der Rennbahn.

Doch da kam sie endlich – Schwester Marie! Es war kurz vor sechs in der Früh, und Martin konnte seine Begleiterin kaum im Schneesturm erkennen. Doch nur sie konnte so elegant gehen, und ihre schwarzen Haare wehten Marie ins Gesicht. Martin drehte sich misstrauisch um, denn niemand sollte sie sehen.

„Da bist du ja endlich!" begrüßte er wenig freundlich seine Begleitung und zog den langen Wollschal enger um den Hals. Dabei war er so froh, dass sie überhaupt kam. Marie trug einen dunklen Rucksack auf den breiten Schultern, hatte ein schwarzes Cape an und ähnelte irgendwie einer riesigen Fledermaus, die eine Baskenmütze trug. Marie antwortete:

„Gelobt sei Jesus Christus!" und lächelte dabei herausfordernd. Der Winter hatte sich auf ihren Wimpern niedergelassen.

„In Ewigkeit, Amen", sagte Martin schuldbewusst. Schon wieder eine Schuld! „Also, Marie, wir müssen los! Gleich kommt die Bahn." Sie wollten mit der 703 zum Bahnhof fahren, um nach Frankreich zu kommen. Genauer gesagt an die Atlantikküste in ein Dorf namens Lacanau. Dort wollten sie ein paar Tage Ruhe genießen, bevor der Weihnachtsrummel richtig los ging. Pater Martin war um die Sechzig, also wesentlich älter als Marie, und die weiße Haartolle sowie der Schnäuzer erinnerten an Donald Sutherland. Wie er war Martin groß, schlank und drahtig. Er trug einen schwarzen Umhang, weil er eigentlich ein Mönch war, den man nach Gerresheim abkommandiert hatte und nahm seinen abgewetzten Koffer in die Hand. Schwester Marie war aber genau so groß wie er, was Martin missfiel, denn er sah gerne auf alle hinab. Aber dafür war die Ordensschwester in allen anderen Punkten herausragend! Noch vor ein paar Monaten hatte er frech gesagt, dass nach Gerresheim zu fahren ähnlich ist, als würde eine Katze freiwillig in den glühendheißen Wassertopf springen. Sein Abt war davon wenig begeistert, aber als Martin sich in das Dorf, das eigentlich keines ist, eingelebt hatte, verglich er Gerresheim mit alten Hosenträgern, die man liebgewonnen hatte und sie immer wieder gerne anzieht. Und noch eine Lüge fiel Martin ein. Er hatte dem Pfarrer Pasetti erzählt, er wolle sich in seinem Kloster in Niederbayern zurückziehen, um sich für die Weihnachtstage zu stärken. Marie war auch nicht besser. Sie sagte,

sie wolle in derselben Zeit Urlaub bei ihrer Nichte machen. Aber sie hatte gar keine. Sie hatte wohl ein kleines Zimmer im Maxhaus in der Altstadt. Darin zog sie sich zurück, wenn Marie dort Vorträge oder Meditationen leitete.
Als unsere verlogenen Urlauber endlich losgehen wollten, kam ausgerechnet Hildegard Mangelreich um die Ecke. Die größte Tratschtante in Gerresheim, von denen es zirka dreiundsiebzigtausend gibt. Sie war um die Achtzig und ging strammeren Schrittes auf unser Paar zu. In beiden Händen trug sie Aldi-Tüten. Ihre Augen flogen von einem zum anderen. Sie sagte – nein, sie kreischte beinahe:
„Ja waaas, ja waaas … So, so, ja, ja …! Unser Pater Martin und unsere Schwester Marie! Ja, ja, so, so … Hört, hört …"
Frau Mangelreich kam irgendwo aus dem Badischen, und Pater Martin fluchte innerlich. Ah- schon wieder eine Sünde! Und prompt kam die nächste Verfehlung: eine dicke Lüge, die Balken von Sankt Margareta bogen sich bereits.
„Guten Tag, liebe Frau Mangelreich! Schön, Sie zu sehen!"
Marie verdrehte die Augen. „Ich hoffe, es geht Ihnen gut?"
Und bevor Frau Mangelreich langatmig antworten konnte, fuhr Martin fort: „Schwester Marie und ich sind auf dem Weg, um einem Sterbenden das letzte Geleit zu geben."
Hildegards Lippen bebten vor Lust:
„Ja waaas, ja waaas! Wer stirbt denn um Himmels Willen? Davon weiß ich ja gar nichts!"
„Liebe Frau Mangelreich", antwortete Marie. Sie wissen: das Beichtgeheimnis." Als Frau Mangelreich gerade dabei war, alle in Frage kommenden Personen durchzugehen, was zirka dreißig Minuten gedauert hätte, flüsterte ihr Martin ins Ohr:
„Ich weiß, dass Sie nicht gut hören können und vergesslich sind; aber gerade sind drei Feuerwehrautos in Ihre Richtung gefahren. Kann es sein, dass Sie vielleicht den Ofen angelassen haben, oder es brennen Kerzen an Ihrem Weihnachtsbaum?" Frau Mangelreich wurde kreidebleich, stieß einen furchtbaren Laut aus und rannte in Richtung ihrer Wohnung auf der Friedrich-Wilhelm-Straße Nähe Zur Isa. „Gott segne Sie, Pater Martin. Und Sie auch,

Schwester Mag …" Doch da hatte sie der Schnee bereits verschluckt. Pater Martin packte Marie unterm Arm und sagte nervös:
„Endlich kommt unsere Straßenbahn! Weihnachten kann beginnen!"

Genau so saßen Marie und Pater Martin im Abteil des Zuges der nach Lacarau fuhr. Das heißt, sie mussten dreimal umsteigen- zuletzt in Bordeaux, denn die Stadt, die eher ein Dorf ist und an der Atlantikküste liegt, ist nicht so leicht zu erreichen. Im Gasthof Les trois Amis hatten sie zwei preiswerte Zimmer gebucht, von denen man das Meer hören konnte, zumindest nach dem, was Marie erzählte. Ihre Vorfahren kamen aus diesem Ort, es waren Hugenotten, und somit hatte Marie französisches Blut in den Adern. Das monotone Rattern des Zuges beruhigte Martin; es hatte etwas Einschläferndes an sich. Die Zwei aßen und tranken das, was sie mitgebracht hatten, also belegte Brötchen und dampfenden Kaffee, und Marie streckte ihre langen Beine auf dem Sitz neben Martin aus – denn der Zug war so gut wie leer. Mein Gott, wie schön du bist, dachte Martin. Von vorn war ihr Gesicht beinahe slawisch breit, mit hohen Wangenknochen, aber von der Seite hatte sie eher das Profil einer stolzen Griechin. Martin grübelte nun über sein Schicksal nach. Ob ich in Gerresheim gut aufgehoben bin? Viele meiden mich, denn sie halten mich für kalt und zu abstrakt im Denken. Volkstümliche Belustigungen, wie Karneval und Umzüge jeglicher Art, meide ich und studiere lieber die Wüstenväter oder meditiere über die Heiligen Schriften der Inder.
Ja, unser Pater hatte recht. Was er nicht wusste: er war beliebter, als er dachte. Gut, viele mieden ihn aus obigen Gründen. Aber man sagte ihm gewisse Heilungskräfte nach, denn manch frommer Bürger war nach einem Gespräch mit ihm geheilt. Der Geistliche sagte schwerwiegende Probleme jedem, der zu ihm kam, auf den Kopf zu. „Hören Sie mit dem Trinken auf!", oder: „Sie sollten mehr mit ihrer Frau zusammen unternehmen, bevor Ihre Ehe

in die Brüche geht." Dabei kannte er die Leute gar nicht. Man hatte ihn damals aus einem Benediktinerkloster in Niederbayern geholt, was ihm gar nicht passte. In Sankt Margareta wurde dringend ein zweiter Mann gesucht, und da Martins Ruf vorzüglich war und andere Geistliche entweder krank und indisponiert waren, kam man kurzerhand auf ihn. Dahinter steckte auch eine Intrige, denn sein Abt, Pater Placidus, wollte Martin loswerden, weil seine Ideen entweder zu neu, oder zu reaktionär waren. Man konnte ihn nicht durchschauen, den Mann mit der großen weißen Haartolle, dem Kinnbart und seinem wölfischen Grinsen. Der amtierende Pastor Pasetti war mit mehreren Pfarreien unter sich mehr als überfordert, und so musste Martin seinen Koffer packen, obwohl er sich viel lieber für ein paar Monate in den Himalaya zurückziehen wollte, um vielleicht den Dalai Lama zu treffen, denn Martin hatte bereits gute Kontakte zu dessen Umfeld. Und nun – Gerresheim! Kaum war er hier, musste er sich mit einer Rockergang anlegen, die ihm aber half, zusammen mit einer Jugendgruppe der Pfarre –die wiederum die Rocker hasste, gegen die sogenannte Hexe von Gerresheim (+) zu Felde zu führen! Eine wunderschöne, aber sadistische Frau, die das Leben vieler Männer aus der Gemeinde auf dem Gewissen hatte. Erstaunlicherweise wurden die Rocker und die kirchliche Jugendgruppe gute Freunde, aber um ein Haar wäre Pater Martin bei dem Kampf gestorben. Plötzlich dachte Martin an Lucy und Henry. Die beiden alten sympathischen Leute kannte er seit Jahren, aber nun ging es mit ihnen anscheinend zu Ende. Ihre ärztlichen Diagnosen verhießen nichts Gutes. Oft weinte Lucy, als sie von ihm zu Hause bei sich getröstet wurde. Das Paar nannte sich gegenseitig Schneehase, was irgendwie auch zu ihnen passte. Gleichzeitig schämte sich Martin für seine armselige Einrichtung. Geld hatte er genug, aber das war für die Armen, fürs Wettbüro oder das Restaurant Herr Knillmann gedacht. Er wohnte auf der Sonnbornstrasse, also eine honorige Adresse, aber drinnen sah es eher wie bei armen Leuten aus: ein klappriges Bett im hohen Wohnzimmer, das zugleich das Schlafzimmer war. Ein Betschemel, ein Zafu, also ein Meditationskissen, und stapelweise Bücher, auf denen heruntergebrannte Kerzen standen. In den Ecken lagen Weinflaschen, und überall duftete es nach Weihrauch oder Zigarettenqualm. Trotzdem war Martin auf dem neuesten Stand, was Wohnungseinrichtungen betraf, denn der Trend ging aufs Entschleunigen und Entrümpeln der eigenen vier Wände. Seminare wurden und werden darüber gehalten, in denen sich ausgerechnet Manager befinden. Das hatte Martin vom Kloster übernommen, in dem es hieß, man solle sich auf das Wesentliche konzentrieren. Und das Wesentliche war für Martin eine namenlose Kraft, die alles übersteigt, was da ist; ähnlich wie Drogen, aber nicht zum Tode hin, sondern zur Erfüllung. Martin wusste von einer zweiten Welt. Eine Welt dahinter, wo alles Klagen und Suchen ein Ende hat, ohne dass man stirbt. Und wenn man erst da ist, ergibt sich die Frage, ob es überhaupt einen Tod gibt. Meditative Erlebnisse bestärkten Martin darin. Selbst der Heilige Paulus war davon überzeugt und mit ihm zahllose heutige Gurus, Geistliche, Neurologen und Psychiater. 3 Sat-TV berichtet gerne darüber und bewahrt damit vor der Verblödung der Privatsender, worüber Martin gerne predigte. Aber so weit war er noch nicht und ging auf die Benderstrasse, um ein Kotelett und Bier zu kaufen. So war er, unser Bruder Martin …

Er war Spezialist in solchen brotlosen Künsten, aber er scheiterte oft an der Realität in der Gemeinde. Vorgestern zum Beispiel kam Frau Hedwig Zappel zu ihm in die Sprechstunde, um über die Taufe ihres Sohnes zu sprechen. Sie war aufgeregt und hatte rote Ohren. Martin wollte die Situation entspannen und sagte: „Frau Zappel, als Namenspatron für Ihren Sohn rate ich vom Heiligen Philipp ab." Die Frau sah Martin nur ungläubig an und zeterte mit zittrigem Zeigefinger, der auf den Pater gerichtet war: „Das wird für Sie Konsequenzen haben! Sie wissen wohl nicht …" Ihre Augen drangen dabei hysterisch nach vorn. Und schon knallte die Türe zu. Au Backe, da gab es

Druck vom Gemeinderat, und der Pfarrer verpasste Martin eine Rüge, denn Herr Zappel hatte kürzlich eine großzügige Spende in die Kirchenkasse gelegt, als Anerkennung für die hervorragende Seelsorge in der Gemeinde! Bis heute ...

Ja, und dann kam Martin das legendäre erste Treffen zwischen ihm und Marie in den Sinn. Sie lümmelte sich gerade auf dem Sitz zusammen und schnarchte leise. Martin legte eine Decke über sie und tätschelte leicht ihren rechten, leicht muskulösen Arm. Auf dem Boden lag ein Buch über Quantenphysik. Sie tut nicht nur etwas für ihren Körper, sondern sorgt auch für Muskeln in ihrem Hirn, das viele Sportanbeter übersehen, dachte Martin stolz.
Pater Martin saß im Sommer auf einer der Bänke am Gerricusplatz, hatte die langen Beine ausgestreckt und las fasziniert in einem Buch. Niemand sollte sehen, um welchen Titel es sich handelte, deshalb hatte er den Umschlag abgenommen. Er hatte in der letzten Zeit viel zu tun gehabt; die üblichen Beerdigungen, aber Seelsorge und Unterricht waren belastend. Wenn Martin gewusst hätte, dass Sankt Margareta in wenigen Jahren gleich sieben Pfarreien haben würde, hätte er ungläubig gelächelt. Und dass bald ein Virus seine gierigen Krallen über die Welt ausstrecke und selbst vor Gerresheim nicht haltmachen würde, hätte den Priester für eine SF-Story gehalten. Er hätte jeden laut ausgelacht, der ihm erzählt hätte, dass der Kauf einer Klorolle wichtiger wäre als das Beaufsichtigen eines Kindes, das um ein Haar vor die Straßenbahn lief.
Aber nun bemerkte der Geistliche eine Person, die es sich auf der Nachbarbank gemütlich machen wollte. Und da sah er sie! Das Erste, was ihm auffiel, war ihre große und schlanke Gestalt. Gewiss über eins achtzig, dachte er. Die Kleidung war nicht teuer, aber ausgefallen und ungewöhnlich. Alles in Schwarz, die Samthose, das Hemd, das Sakko und zuletzt die Baskenmütze, die sie keck auf ihrem Kopf trug, obwohl es warm war. Plötzlich rutschte ihre uralte Aktentasche aufs Pflaster, und Martins Augen

huschten fiebrig über alle Utensilien. Dann kombinierte er wie Sherlock Holmes. Allmählich wurde es etwas dunkler, weil sich eine Wolke vor die Sonne schob, und die Fremde sah aus wie eine riesige Fledermaus, die auf der Bank saß. Nach etwa über einer Stunde drehte sich Martin zu seiner Nachbarin um und sagte:

„Entschuldigung, dass ich Sie anspreche. Aber für den Fall, dass wir Zwei zusammenziehen: wo schlafen Sie lieber, oben oder unten?" Dabei lächelte er wie ein Wolf, der auf Beutezug ist. Wer kann die Verblüffung im Gesicht der Frau beschreiben, aus der später eine belustigte Empörung wurde? Das Gesicht war von altmodisch gedrehten Locken, die hinten in einem Dutt endeten, eingerahmt, ähnlich wie bei Frau Dellbrück auf Manderley. Eine sehr hohe Stirn ließ auf eine eher osteuropäische Abstammung schließen. Sie sagte:

„Also, hören Sie, das ist eine Unverschämtheit!" Doch irgendwie kamen ihre Worte nicht ganz ernst gemeint rüber. Innerlich schien sie zu lächeln. Aber anstelle einer Antwort fragte Martin:

„Wo haben Sie gedient? In Afghanistan oder Syrien?" Martins Gesicht wirkte wie das eines gelangweilten Beamten, doch innerlich brodelte es in ihm. Ein kurzes Lachen der Befragten, ein Überlegen, dann eine Antwort:

„In Syrien. Aber woher wissen Sie das?" Der Priester atmete unhörbar tief ein. Ihre Antwort setzte ihn auf sicheren Boden. Nun konnte er richtig aufdrehen. Martin zündete sich eine Zigarette an und lächelte sein Wolfsgrinsen, das von weißen Haaren und dem Bart umgeben war.

„Sie unterschätzen meine Intelligenz. Aber jedes Kind hätte erraten, dass Sie gerade aus Syrien kommen." Die Frau sah ihn sprachlos an. „In Ihrer Tasche befindet sich ein Emergency Health Kit, das ausschließlich für Soldaten bestimmt ist. Zudem haben Sie sich vorhin mit Varicellen XPV selber geimpft, ein Privileg nur für Soldaten. Und Sie haben eine sehr braune Hautfarbe, aber darunter sind sie kalkweiß. Habe ich Recht?" Sie nickte betroffen, aber er fuhr fort:

„Als sie vorhin Ihr Revers gesäubert haben, kam ein kleiner Orden zum Vorschein. Den gibt es nur in Syrien oder Afghanistan. Aber sie sind zu schüchtern, um ihn zu tragen. Ich kenne das Medikament gegen das Varizellen-Virus, das Rückkehrer aus diesen Länder nehmen müssen, insbesondere Soldaten oder das Ärztepersonal. Und da Sie für eine Soldatin zu groß sind und zudem ein kleines Kreuz auf der anderen Innenseite Ihres Revers tragen, darf ich davon ausgehen, dass Sie in Syrien Seelsorgerin waren. Eine Ordensschwester sogar! Der Sanitätsdienst wäre Ihnen zu brutal. Ich muss zugeben, dass ich Sie anfangs für eine Musikerin hielt. Oder eine Kunstmalerin. Solche Leute tragen gerne das, was Sie anhaben." Die Frau bekam endlich ihre Fassung zurück und sagte:
„Ok, aber wieso wissen Sie so viel über Syrien, Medizin und Soldaten?" Martin wollte selbstgerecht antworten, doch sie unterbrach sofort:
„Ha, halt! Jetzt bin ich dran mit dem Analysieren!" Sie kniff die dunklen Augen zusammen, rieb sich kurz über die großen Wangenknochen, blickte ihn an wie eine kühle Ärztin, die nach einer Diagnose sucht, konzentrierte sich und sagte:
„Ich bin noch nie in Gerresheim gewesen, ich schwöre es! Aber Sie sind Pater Martin!" Martin zuckte zusammen. Gewiss, es wurde viel Wirbel um die Hexe von Gerresheim gemacht, aber sein Name war in keiner Zeitung zu lesen. Er fragte vorsichtig:
„W … wieso ..?"
„Sie haben erstens den typisch gelangweilten und gleichzeitig mitleidigen Ausdruck eines Priesters, etwas Märtyrerhaftes. Dann rieche ich den Weihrauch in Ihrer Kleidung quer über diesen Platz, den ich gar nicht kenne, und …"
„Das ist der Gerricusplatz …"
„ … und drittens lesen Sie das Buch Cosmic Trigger von Robert Wilson! Aber keine Angst, der Held überlebt das ganze Spektakel." Pater Martin fehlten zunächst die Worte. Nach einer Weile:

„Und woher wissen Sie, welches Buch ich lese?" Sie lächelte und sah ihn an, als sei sie seine Ärztin, die ihm keine gute Nachricht überbringt.

„Ich selbst habe das Buch vier Mal gelesen." Martin schluckte ergriffen.

„Es geht um Illuminaten, Verschwörungen, höheres Bewusstsein, positiven Drogenkonsum im Sinne von Thimothy Leary, außerirdische Intelligenz und anderen Schnickschnack. Aber es hat etwas – Außergewöhnliches!" Die Fremde blickte seufzend gen Himmel. „Aber lassen Sie das bloß nicht Ihren Boss wissen, oder gar der Gemeinde; man würde Sie lynchen. So etwas lesen nur gestörte Menschen." Martin antwortete:

„Besser paranoid als tot! Aber das Buch hat doch keinen – Umschlag! Der Karton ist absolut grau mit dunklen Strichen und nichtssagend." Sie lächelte überlegen:

„Haben Sie genau hingeschaut?" Martins Augen glitten vergeblich über das Buch.

„Na, jedes Kind sieht doch, dass zwischen den Strichen die Zahl 666 steht. Das Zeichen des Antichrist!" Martin blinzelte, als sei er halb blind und pfiff dann anerkennend durch die Zähne.

„Du liebe Güte!"

„Ja, der Herr sei uns gnädig! Übrigens- ich bin Schwester Marie vom Orden der Benediktinerinnen. So wie Sie. Marie von Wolfshagen." Sie streckte ihm forsch ihre zarte Hand hin, wobei sie seine beinahe zerquetschte. Martin lachte laut.

„Marie! Ja, wie anders könnten Sie auch sonst noch heißen? Und von Wolfshagen passt auch zu Ihnen. Pater Martin, aber das wissen Sie ja bereits." Dann lachte auch sie. Nun wurde Marie wieder ernst und hakte misstrauisch nach:

„Und wie kommen Sie darauf, dass wir zusammen wohnen werden?"

„Oh, ja. Als vorhin der Inhalt Ihrer Aktentasche auf den Boden fiel, sah ich Ihre Bewerbung mit dem Siegel des Erzbistums, und ich weiß, dass sich bald eine Gemeindeschwester in Sankt Margareta bewirbt. Ihre Auszeichnungen habe ich auch gesehen, und…"

„…und Sie wissen das alles, weil sie syrische und afghanische Familien betreut haben. Viele Väter kamen aus dem schrecklichen Krieg. Ich nehme an, Sie machen das gut?" Martin nickte wenig bescheiden.

„Woher wissen Sie, dass ich Soldaten betreut habe? Das ist lange her, damals lebte ich noch im Kloster." Sie lächelte etwas überheblich.

„Das war nur eine Finte, eine Falle, in die Sie getappt sind. Wenn das so weiter geht, fliehen ganze Völkerstämme nach Europa …" Martin schüttelte zweifelnd den Kopf.

Marie hatte noch eine Frage:

„Und wieso sollen wir zusammen ziehen? Das wollte ich eben schon wissen. Das ist ja mehr als unverschämt."

„Die Wohnungen in Gerresheim sind zu teuer, und die Kirchenkasse ist zu leer. Die Gemeindewohnungen sind alle vergeben, und da könnten Sie Schwierigkeiten bekommen. Aber ich wohne nicht weit von hier, und über mir ist ein nettes Appartement frei." Marie pfiff anerkennend durch die spitzen und schönen Zähne. Martin sagte:

„Sie sollten sich mir anschließen. Ich falle immer auf die Füße."

„Schön für Sie, Pater Martin. Aber ich falle immer auf die Schnauze. Ich denke, Sie haben recht!"

Inzwischen war Martin ebenfalls eingeschlafen. Nur das Pfeifen des Schaffners weckte unsere Reisenden, als sie in Lacanau eintrafen. Schell packten sie ihre Habseligkeiten zusammen und fröstelten in der morgendlichen Kälte. Ein Taxi fuhr sie nach Les trois Amis, ein Hotel aus dem achtzehnten Jahrhundert, das einsam auf einer Düne stand.

„Womit zahlt man hier eigentlich?", wollte Martin wissen.

„In Franc?" Marie lächelte und sagte:

„Nein, in Rubel. Lass mich das mal machen." Sie schmunzelte, weil sie wieder mal sah, wie weltfremd ihr Begleiter war. Ihr Französisch war perfekt, und schnell hatte sie alles mit dem Concierge geregelt. Ihre beiden Zimmer waren billig, aber gemütlich, und aus Maries Fenster konnte man sogar den Atlantik sehen und hören.

Den Rest des Tages verbrachten sie mit Sightseeing, das in diesem kleinen Ort nicht allzu lange dauerte. Die Hauptattraktionen sind am Strand, aber nun hatte sich die Sonne gesenkt. Hier und da einen Drink, ein frugales Abendessen in einer Kaschemme auf einer Düne. Doch dann kam die Müdigkeit der Reise, und unsere Freunde gingen getrennt in ihre Zimmer. Marie las noch einen Comic, Martin blickte auf das dunkle Meer, rauchte am Fenster, trank einen Whisky, studierte kurz in „Die Autobiografie eines Yogi" von Yogananda und fiel dann erschöpft ins Bett. Die Wellen rauschten ihn endgültig in den Schlaf, und er dachte, er sei auf einem Schiff.

In den ersten zwei der drei Tage in Lacanau ging man sich wirklich aus dem Weg. Der Himmel schien immer trüb, nur an dem ersten Mittag nicht, denn die Sonne hatte den Nebel vertrieben. Pater Martin ging gen Osten nach Carcans Plage mit seinen schönen Prachtbauten am Wasser im neobaskischen Stil, von denen die Villa Cerberus die Eindrucksvollste war. Martin hing seinen Gedanken nach, als sich die mächtigen Dünen über ihm auftürmten. Was werde ich an Heiligabend predigen? Ich darf ja nicht wieder zu hochtrabend sein, andererseits will ich mich nicht auf Augenhöhe der Gemeinde begeben, was dem Erzbistum am liebsten wäre. Aber auf Augenhöhe mit der Gemeinde bedeutet: man kommt keinen Schritt weiter. Alles bleibt auf einem mittleren Niveau, doch Martin wollte Höheres.

Die eisige Luft drang unter seinem schwarzen Paletot hindurch, der Strand war leer, und Marie ging Richtung Innenstadt. Martin dachte an den Rhythmus seiner Schritte, und eine Möwe zupfte an seiner Hose. Es war genau die Szene, die der Kunstmaler Caspar David Friedrich festgehalten hatte: „Der Mönch und das Meer." Der Mönch ist angenehm klein und wird von den Wellen und dem düsteren Himmel förmlich aufgesogen. So wäre es Martin auch am liebsten, aber die Gemeindearbeit verlangte von ihm genau das Gegenteil. Lucy und Henry fielen ihm ein. Die beiden Alten aus dem Seniorenstift Manderley. Mit Henry wechselte Martin nur die nötigsten Worte, aber bei der kleinen Lucy Ascher war das ganz anders. Noch letzte Woche saß sie bei ihm und weinte in ihr Taschentuch hinein. Dem Ehepaar ging es gesundheitlich sehr schlecht, obwohl sie nach außen eine gute Figur machten. Und dann fiel auch noch das Wort Selbstmord! Himmel! dachte der Mönch.

„Martin, ich hatte mal ein Verhältnis zu einem Arzt. Gut, es waren auch finanzielle Interessen dabei, und wie Sie wissen, war Henry auch kein Kind von Traurigkeit, und die Damen zeigten sich sehr großzügig, nicht nur was das Geld anging. Aber wir kamen immer wieder zusammen und lieben uns bis heute." Dann schniefte sie wieder und Martin reichte ihr ein Glas Sherry, denn er kannte ihre Vorlieben.

„Jedenfalls habe ich diesem Doktor Natrium-Pentobarbital aus dem Schrank gestohlen. In größeren Mengen verabreicht, führt das zum …"

„Ich weiß, wozu was das führt", unterbrach Martin und rang die Hände. „Was sind das für Geschichten, die Sie und Henry laufend erzählen? Sie sind angeblich Hochstapler und haben schon einige umgebracht? Das kann ich kaum glauben." Dann raufte er sich die vollen, weißen Haare. Lucy guckte ihn plötzlich listig an und sagte:

„Es ist besser, ein Meister der Illusion zu werden, als der Spielball seiner Umgebung." Daraufhin musste Martin herzhaft lachen.

„Dieser Satz hätte von mir stammen können. Oh wäre ich doch in meinem Kloster geblieben! Ein geregeltes Leben, geregelte Gebete, und …"

„…und so langweilig," meinte Lucy. „Mit unseren Geschichten haben wir anfangs nur ein paar Tischnachbarn unterhalten wollen. Aber sie nahmen unsere Storys für bare Münze, und bald mussten wir in der Bibliothek Schauermärchen erzählen. Ab und zu spiele ich am Flügel, die Kerzen werden entzündet, und niemand will mehr den Tatort sehen. " Schweigen. Lucy sah mitleidig auf das spartanische Zimmer des Paters, der sie wieder nach Hause schickte und versprach, sich ihren Fall durch den Kopf gehen zu lassen. Ja, die kleine Asiatin hatte die schlechtesten Karten gezogen, denn Kinder sollen die Eltern überleben und nicht umgekehrt. Der Unfalltod ihres Sohnes Daniel war die reine Katastrophe. Lydia Dellbrück, die Hausdame, steckte angeblich hinter allem, vermutete Lucy. Wer einen geliebten Menschen verliert, kommt automatisch in die seelische Hölle. Und das Dumme ist- er kommt gar nicht wieder hinaus ...

Das war vor ungefähr zwei Monaten. Und hier, in Lacanau, fand Martin bis jetzt auch keine Antwort für Lucy und Henry. Vielleicht wusste Marie eine Lösung.
Als es beinahe ganz dunkel war, gingen sie hoch zu den Dünen und kehrten in einem kleinen Bistro ein. Es war anscheinend aus alten Schiffsplanken gemacht, und der Wind kroch sogar durch das Holz. Alles war einfach, was den beiden gut gefiel. An den Wänden Poster von Rotweingläsern, und Charles Aznavour sang in der klapprigen Musikbox La Mamma. Unser Paar setzte sich an einen kleinen Tisch, auf dem eine rot-weiße Tischdecke aus Plastik lag. Niedergebrannte Kerzen auf den Rotweinflaschen erhellten den Gastraum, in dem nur wenige Gäste waren. Martin half Marie aus dem Parka und rieb sich die Hände.
„Brrr ... Das tut gut! Dann noch Aznavour im Hintergrund, toll. Ich hoffe, ich kann ihn mal wieder auf der Bühne bewundern."
„Das ist schlecht möglich, sogar für dich." Martin spitzte die Ohren.
„Wieso?"
„Weil er tot ist."
„Ach so." Jetzt bemerkte Martin den Duft, der aus Maries Parka kam. Etwas Schweiß, Sand, Salz und Parfüm.
Parfüm? Heute trug sie ihr Haar offen, es fiel in schwarzen Schleiern über ihre linke Schulter. Martin musste tief Luft

holen. Ein Trampeltier von Wirtin nahm die Bestellungen auf. Bald kam sie mit einer Flasche Bordeaux, einer Bouillabaisse für Martin und Schafskäse, Baguette, Camembert mit Weintrauben für Marie. Der Pater machte sich sofort über die Fischsuppe her. Ein paar Tropfen blieben in seinem Bart hängen, Marie lachte.

„Hmmm …‚" sagte er anerkennend. „Eine Suppe, wie sie in Marseille zubereitet wird. Das erkennt man an dem braunen Drachenkopf." Marie:

„Ja, der sieht aus wie Frau Zappel, mit der du dich angelegt hast. Lustig war`s trotzdem."

„Hör bloß auf damit! Das war die totale Blamage. Denke lieber an das, was dort vor uns steht: Fischsuppe, Käse, Wein. Was will man mehr? Die Gier ist es doch, die uns alle krank macht. Eine gute Idee übrigens für meine Predigt an Heiligabend"!

„Und du bist gierig nach Anerkennung", sagte Marie. Er schwieg betroffen. Dann konterte Martin:

„Und du?" Sie überlegte und blickte ihn lange an. Dann aß sie nachdenklich und ohne zu antworten ihren Käse auf. Bald war die Flasche leer. Die Wirtin stapfte mit einer neuen an. Marie sagte versonnen:

„Ich habe in den Tagen hier übrigens nicht nur Kirchengeschichte studiert, sondern auch unser altes Ehepaar im Seniorenstift. Die Aschers. Sie haben zu Weihnachten nicht viel zu lachen." Martin nickte und sagte leise:

„Ja, Lucy und Henry muss geholfen werden. Aber wie? Sie wollen beide zusammen friedlich einschlafen, um ihren Krankheiten zu entgehen, die zum Tode führen. Zu einem schrecklichen zudem. Aber andererseits kann ich ihnen als Geistlicher nicht dazu raten, obwohl ich in ihrem Fall auf ihrer Seite bin. Lucy hat ihren Sohn verloren, dann wurden die beiden auch noch vom Personal von Manderlay hintergangen, das aus Frau Dellbrück, Herrn Bückmann und Lord Marchmain besteht. Sie sind dadurch beinahe pleite und …"

Marie legte ihre zarte Hand auf die seine, die alt und faltig war. Sie hielt sie sehr lange fest.

Martin sagte: „Das ist zu schön, um wahr zu sein."

„Dann ist es nicht wahr."

„Ich denke doch," meint Martin. Marie entgegnet lächelnd: „Du, lass' uns das Problem mit den beiden Alten zusammen lösen." Martin sah sie dankbar an. Dann lächelte Marie und meinte:

„Hier ist eine russisch orthodoxe Kapelle." Dabei blickte sie ihm tief in die Augen, immer noch die Hand auf der seinen. Martin flüsterte:

„Und?" Sie sagte:

„Würdest du mich jetzt in die Totenmesse begleiten?"

„Nichts lieber als das. Aber, liebe Schwester Marie. Was kommt dann?" Sie überlegte, lächelte und antwortete:

„Nun, wir sind gute Katholiken. Wir sollten uns daher an das Gebot des Heiligen Augustinus halten." Martin sah sie fragend an.

„Welches meinst du?"

„Liebe! Und tu, was du willst!" Daraufhin bekreuzigte sich Pater Martin, zahlte, hakte Marie unter und beide gingen Richtung Kirche.

Kurzes Drama in einem Akt. Am nächsten Morgen. Marie und Pater Martin stehen an Strand.

Martin: „Ich liebe dein Schweigen."

Marie: „Manchmal hat das Leben mehr Fantasie als wir. Zum ersten Mal glaubt jemand an mich. Was mich bisher am Leben erhielt, war die völlige Perspektivlosigkeit meiner Zukunft."

Martin: „Du übertreibst."

Marie: „Ja. Trotzdem sind genau um diese Zeit meine Eltern gestorben; ein Autounfall. Gut, dass du bei mir bist." Dann weinte sie.

Martin reichte ihr ein altes Taschentuch, das sie ohne zu murren entgegennahm. Er legte seinen rechten Arm unbeholfen um sie, als sie hinein schnäuzte.

Martin: „Wenn nur nicht so viele Jahre zwischen uns wären-"

Marie: „In meinen Träumen wirst du immer jünger und ich immer älter. Ist die Liebe nicht furchtbar?"
Martin: „Furchtbar."
Marie: „Ob wir es schaffen werden?"
Martin: „Mit Sicherheit nicht."
Marie: „Ich wollte mich nie verlieben, aber da kamst du. Dumm gelaufen, nicht?"
Martin: „Ja. Ob wir dabei draufgehen?"
Marie: „Wir sind es schon. Aber das ist mir egal, solange du nur bei mir bist."
Martin: „Ich bin muffelig."
Marie: „Ich liebe deine Muffeligkeit."

Pater Martin denkt an die Zukunft. Wie mag es mit ihnen weitergehen? Wie alt ist Marie überhaupt? In ihren schwarzen Haaren, die sie heute offen trägt, was unglaublich wild aussieht, sind schon ein paar graue Strähnen. 30? 35?
Martin dachte an das Bild „Der Mönch und das Meer". Wie gerne wäre er nun an der Stelle des Mönchs, der von der Natur förmlich aufgesogen wurde. Was immer stört, ist der Mensch. Selbst Goethe konnte mit Caspar-David-Friedrich nichts anfangen. Er sei weltfremd, lähmend und verträumt. Ob er in prophetischer Weise auch von mir sprach?

Dann sagt Martin: „Was ist letzte Nacht überhaupt passiert? Ich kann mich an nichts mehr erinnern."
Marie: „Danke! Aber auch ich weiß von nichts. Der Rotwein? Dafür, dass du angeblich nie viel trinkst, kannst du ganz schön viel vertragen."
Martin: „Du auch. Wie eine Schnapsdrossel. Das grenzt schon an Genie. Ich weiß wirklich nicht, ob heute Nacht etwas war."
Marie: „Das ist das Gute daran, dass man dann alles vergisst."
Martin: „Deine Augen sind wie zwei schwarze Seen."
Marie: „Hmmm… Die helfen uns auch nicht weiter. Wir

müssen bald zurück nach Gerresheim."

Martin: „Sch..."

Marie: „Wir müssen Lucy und Henry beistehen."

Martin: „Sie werden Weihnachten nicht mehr erleben."

Marie: „Wie furchtbar! Woher weißt du das?"

Martin: „Ich habe prophetische Fähigkeiten, sagt man."

Marie: „Du bist größenwahnsinnig."

Martin: „Ja. Trotzdem habe ich recht."

Marie: „Ihr Sohn Daniel ist schon lange tot. Und wenn Lucy und Henry auch noch sterben..."

Martin grinste wissend, wobei er irgendwie unheimlich aussah und antwortete:

„Dann geht die Party vielleicht erst richtig los. Denn manchmal, manchmal kommen sie wieder..."

Marie: „Mein Gott, wie du aussiehst! Man könnte Angst vor dir kriegen. Ich glaube, du liest zu viele Bücher von der „Dunklen Bruderschaft"." Martin erstarrte.

Martin: „Woher weißt du das??"

Marie: „Ich gehöre auch dazu..."

Martin: „Waaas???" Marie legte den Finger vor den Mund und machte Pssstttt!!!

Ein eisiger Sturm, der von der See wehte, verschluckte Maries Frage. Ein Schiff heulte vom Horizont herüber, das Holz vom Strand splitterte und krachte, und die beiden wurden vom Nebel eingehüllt.

Düsseldorf, Hauptbahnhof. 21. Dezember.

Pater Martin begleitete Marie in ein Taxi. Es war Schmuddelwetter, von Schnee keine Spur. Dafür Pfützen und ein kalter Wind. Martin fragte:

„Wann werden wir uns wiedersehen? Wir müssen für die Weihnachtsfeiern noch einiges besprechen. Vor allem die Sache mit der „Dunklen Bruderschaft"! Und ich muss dich sowieso wiedersehen! Ich glaube, ich vermisse dich schon jetzt."

„Ich fahre jetzt erst mal zu meiner Schwester. Sie wohnt in Oberkassel..."

„..du hast eine Schwester ..?"

„Ja. Erzähle ich dir bald ... Dann erzähle ich dir auch, wie ich zur „Dunklen Bruderschaft" gekommen bin; wir wollen ja alle mehr über das Leben und das, was dahintersteckt, wissen. Wie man es manchmal manipulieren kann. Die Mächte und Gewalten ... Aber wem erzähle ich das ..? Brrr ... Das Wetter. Mir ist eiskalt." Martin sah auf das Namenschild des jungen Fahrers. Es war ein gewisser Mohammed Khali. Sie setzte sich ins Taxi hinein und streckte zum Abschied ihren vom Regen nassen Kopf heraus. Martin küsste sie. Auf den Mund, was ihm erst später klar wurde. Dann zuckte er erschrocken zusammen. Er winkte dem Wagen hinterher, aber ihr Winken wurde vom beschlagenen Fenster verdeckt. Aus einem unerklärlichen Grund sah Martin auf das Nummernschild, das mit 666 endete. Martin grübelte. Das ist doch das Zeichen des Antichristen, wie es in den Offenbarungen steht. Hmmm. Aber da war der Wagen schon im Dunst verschwunden. Ist das nun die Strafe für ...? Für was eigentlich? Martin lachte über sein kindliches Denken und verschwand gleichfalls im Nebel.

Pater Martin kam durchgefroren zu Hause an. Die Laternen warfen einen gelblichen Schatten auf den schmuddeligen Schnee, und der Geistliche setzte sich einen Wasserkessel für den Tee auf. Das Pulver, keine Blätter, kam aus dem Himalaya, und nicht jeder kann es erwerben. Dabei dachte er wieder an Marie, die es gewiss auch besaß und mehr über das Universum wissen wollte, als in den öden Büchern der Universitäten steht. Du Miststück!, dachte er und lächelte dabei. Wieso bin ausgerechnet ich nicht darauf gekommen, dass auch sie zur ...

Auf einmal machte er das Radio lauter. In Antenne Düsseldorf kam eine Eilmeldung:

„Wie wir soeben erfahren haben, hat sich auf der Oberkasseler Brücke ein schrecklicher Unfall ereignet. Ein Taxi rutschte auf dem Eis aus, es hatte wahrscheinlich nur Sommerreifen und knallte gegen einen Pfeiler. Der Wagen rutschte auf die gegenüberliegende Fahrbahn, und ein Lkw hat den Wagen zerquetscht. Der Fahrer, ein gewisser M. Khali, und seine junge Beifahrerin waren sofort tot. Die Polizei sagt …" Martin griff sich stöhnend ans Herz und wurde aschfahl. Mein Gott, mein Gott …. Schneeflocken hüllten das Haus ein, und Martin trank zwei Gläser Gin. Seine Hände zitterten trotzdem. Wo sind wir da hineingeraten? In welche Machenschaften …? Martin wählte Maries Handynummer, aber es meldete sich nur der AB. Der Pater wusste genau, dass man ihm als Nichtangehörigen weder bei der Polizei noch in Krankenhäusern Auskunft geben würde. Er setzte sich auf sein klappriges Fahrrad und düste halsbrecherisch zur Morperstrasse. Er hatte für Maries Appartement einen Zweitschlüssel, aber die kleinen Räume waren leer. Was sonst? Ihre Einrichtung war ebenso spartanisch wie die seine. Ein schmales Bett, eine Leselampe, stapelweise Bücher zu einem Turm gestapelt, ein Bild der Mutter Gottes an der Wand. Comics in der Ecke und Weinflaschen daneben. Von den Gespenstern der Verlassenheit getrieben, jagte Martin nach Hause. Als er dann an die kommenden Weihnachtstage dachte, wurde er von einer Depression ergriffen und warf sich quer übers Bett. Nach ein paar Gläsern mehr schlief er bewusstlos ein.

Zur selben späten Stunde saßen Lord Marchmain und Berthold Bückmann in der T-Bar an einem der Seitentische. Die üblichen Verdächtigen saßen am Tresen, und draußen wurde lärmend geraucht. Eine Heavy-Metal-Band spielte White Christmas mit einem unglaublichen Gitarrensolo, und die Sängerin kreischte wie am Spieß. Aus den Lautsprechern schien es zu qualmen. Der Lord trug einen dicken teuren Kaschmirpullover, und der kleine Bückmann hatte Schwierigkeiten, seinen Bauch zwischen Tisch und Bank zu platzieren. Vor ihnen standen Pils und Korn, sowie zwanzig Striche auf jedem der Bierdeckel. Bückmann meinte feist: „Mylord, ich habe die Frau für`s Leben gefunden!" Mylord blickte gequält nach oben.

„Schon wieder? Die haben Sie doch schon zigmal getroffen. Die Weiber sind doch nur hinter Ihrem Geld her."

„Oh, aber diese Frau ist … ist … ist der Bringer überhaupt!"

„Der Bringer?" Die Backen seines Gegenübers wurden immer röter und dicker. Die zwei hatten Tränensäcke unterm Auge, und der Lord sah zwar aristokratisch aus, doch der köllsche Dialekt war eher fragwürdig. Ebenso fragwürdig waren die buschigen Augenbrauen und das stoppelige Gesicht. Die Herren gingen auf die Achtzig zu. Marchmain sagte:

„Ich habe an meinem Körper zwei außerordentlich groß entwickelte Organe. Eines davon ist meine Nase, und die sagt mir, dass Sie wieder auf dem Holzweg sind. Was meinen Sie mit der Bringer?"

„Ja. Ich meine, sie ist DIE Frau und ist gerade mal dreißig geworden. Formen sage ich Ihnen … Hmmm. Sie kommt aus Russland und liebt mich über alles. Svetlana!" Dann kippte er sich einen Korn in den Schlund.

„Oh nein. Sie will sich doch nur Manderley unter den Nagel reißen, genau wie die Dellbrück."

„Nein, gewiss nicht. Und endlich habe ich eine Frau mit den gleichen Interessen gefunden!"

„Das ist tatsächlich etwas Neues. Die meisten Ihrer Frauen kamen von irgendwelchen Inseln und konnten weder lesen noch schreiben. Welche Interessen?" Bückmann sagte:

„Das Geld! Sie hat keins, und ich weiß nicht wohin damit. Ist das nicht herrlich? Somit können wir uns stundenlang unterhalten. " Der Lord stöhnte. Dann sah er die Tragetasche von Netto, die neben Bückmann stand, aus der ein Playboy herausragte. Das Model hatte außer der Weihnachtsmütze nichts an. Marchmain sagte grinsend:

„Wenn der Bahnhof geschlossen ist, kauft man sich auch keinen Fahrplan." Als hätte sein Nachbar nichts gehört, schwärmte Bückmann weiter:

„Svetlana liebt mich! Und sie hat Formen, die das Universum sprengen!"

„Gut. Sie hatten gestern Geburtstag. Was hat sie Ihnen

geschenkt?"

„Sie ist gar nicht gekommen und ist angeblich mit ihrem Bruder im Restaurant Herr Knillmann versackt und hatte am nächsten Tag Knutschflecke am Hals. Aber sie hat mir eine SMS geschickt: Isch lieeebe dir! Wenn das keine Liebe ist?" Der Lord suchte nach passenden Worten, fand aber keine. Dafür triumphierte Bückmann:

„Hören Sie, Euer Ehrwürden: Alter ist keine Frage des Alters, sondern des Kilometerstandes!"

„Ihr Navigationssystem weiß es besser." Bückmann fragte misstrauisch:

„Wieso?"

„Nun, Sie haben mir letzte Woche selber erzählt, dass Sie den Friedhof in Stoffeln gesucht haben. Und als Sie mit dem Wagen angekommen sind, sagte Ihr Navi: Sie haben das Ziel erreicht!" Bückmann konterte:

„Hören Sie bloß auf! Als wenn Sie nicht selber hinter jungen Weibern her sind … Aber Sie sollten Ihr Geld besser nicht in Frauen anlegen, sondern in Stützstrümpfe. Sie haben mir selber erzählt, dass Sie, jedes Mal, wenn Sie ein Weib, das sich Ihrer erbarmte, abbekommen haben, nicht nur fragen, wie lange sie über Nacht bleibt, sondern ob sie auch eine ausgebildete Krankenschwester ist. Nein, wie köstlich!"

Dann resignierte er. „Wenn man sechzig geworden ist, gehen Happy und Birthday getrennte Wege. Da haben Sie schon recht. Wir müssen an unsere Zukunft denken. Wie lange sollen wir Manderley noch behalten? Allmählich geht uns tatsächlich das Geld aus…"

„Die Dellbrück feuern wir einfach, obwohl sie denkt, einer von uns würde sie eines Tages ehelichen," meinte der Lord. „Wir warten einfach, bis alle gestorben sind, und leben vom Verkauf der Villa in Saus und Braus auf Bali. Vielleicht helfen wir beim Sterben etwas nach. Lucy und Henry sind die ersten!"

„Und wie?" frage Bückmann erstaunt und ließ sich ein neues Bier kommen. Der Lord lächelte listig:

„Warten Sie es nur ab. Ich habe gute Kontakte zu einem

Clan in Duisburg."
Und Bückmann pfiff anerkennend durch die dritten Zähne.

22. Dezember.

Als Martin in seiner Wohnung erwachte, mit einem Brumm-
schädel natürlich, blickte er durchs Fenster und sah auf
verschneite Straßen, über denen ein diesiger Schwaden
hing. Der Schneesturm heulte durch die Gassen, die eis-
glatt waren, und übertönte sogar den Kirchenchor von
Sankt Margareta. Es hatte die ganze Nacht pausenlos ge-
schneit, und nun fing es wieder an. Zunächst in kleinen
Flocken, dann in dichten Winterwolken. Die Weihnachts-
beleuchtung über der Benderstraße zitterte wie ein Gespenst. Martin hielt seinen Kopf unter eiskaltes Wasser
im Bad, und erst dann fiel ihm Marie ein. Was soll ich nur
..?
Ein Schüttelfrost ergriff ihn. Essen konnte er nichts, und
wenn Martin an die Feiertage dachte, wurde ihm schlecht.
Er machte nun das, was er vielen Leuten riet, die in einer schwierigen Lage waren. Martin setzte sich gerade
hin, schloss die Augen und atmete tief ein und aus. Nach
ein paar Minuten fühlte er, wie sich der Bauch zu weiten
schien, und es ging Martin besser. Er hatte sein Bewusstsein erweitert. Wenn ein kleiner Stein in einen Fingerhut
fällt, löst das eine Katastrophe aus. Aber wenn derselbe
Stein im Meer versinkt, ist es weiterhin ruhig, klar und
still, als wäre nichts gewesen.
Dann klingelte es an der Haustür. Auch das noch! Vor ihm
stand die durchgefrorene Lucy und sagte:
„Pfarrer Martin, es kann mit Henry und mir nicht so weitergehen. Darf ich eintreten?" Matt und wortlos wies Martin auf den klapprigen Besucherstuhl.
„Oh, mein Gott! Wie sehen Sie denn aus?" Martin winkte
nur ab:
„Es ist etwas mit Schwester Marie passiert. Vielleicht haben Sie im Radio von dem Unfall mit dem Taxi gehört?"

Lucy riss entsetzt ihre großen dunklen Augen auf.

„Das war … sie?" Martin nickte müde.

„Ich kann es nicht fassen." Dann weinte sie. „Wissen Sie, Pater Martin, mit Henry und mir geht es zu Ende. Unsere Krankheiten fressen uns auf, obwohl die Ärzte ihr Bestes tun. Aber wir wollen nicht an einem Hirntumor von der Größe eines Tennisballes und Krebs verblöden, was vom Morphium noch unterstützt wird. Wir wollen in Würde sterben. Angenommen, ich hätte ein Medikament, das uns beide erlöst. Ich weiß, die Kirche ist dagegen, obwohl es bereits andere Stimmen gibt; das ist alles recht kompliziert …" Sie legte ihre Stirn in Falten.

Martin saß auf seiner schäbigen Couch, die er so liebte, weil sie ihn an sein spärlich eingerichtetes Zimmer im Kloster erinnerte, wo alles nur auf das Nötigste reduziert war. Ein Kreuz, ein Bild der Maria, Bücher an den Wänden und ein kleiner Herd mit zwei Platten. Er beugte sich nach vorne und legte seine Ellenbogen auf die Knie, um nachzudenken. In den Händen hielt er seinen zermarterten Kopf. Alles kommt auf einmal! Als hätte der Teufel bis vor Weihnachten gewartet, um in diesem Jahr die Stelle des Weihnachtsmannes einzunehmen. Jede Frau, die sich an mich bindet, überlebt es nicht. Er dachte an Schwester Magdalena von den Benediktinerinnen, mit der Martin einst eng befreundet war und die kurz danach zu Tode kam. Danach hatte er es mit der Hexe von Gerresheim zu tun. Rache von oben, so wie heute? Martin hatte böse, böse Geschenke. Lucy hatte recht; wenn genug Zeit vergeht, wird die Kirche sowieso für Suizid plädieren. Man gebe ihr nur einhundert Jahre. Was heute verachtet wird, kann später zur Tagesordnung gehören, Beispiele gibt es genug. Schmallippige Theologen predigen heute die frohe Botschaft, die leider ebenso schmallippig rüberkommt. Aber vielleicht liege ich doch falsch und man verbrennt mich zurecht! Das Leben wird sowieso überschätzt, war einmal eines seiner Bonmots. Martin rang wieder die Hände. Was für eine Entscheidung! Wäre ich doch in meinem Kloster geblieben. Nun werde ich mit einer der schwierigsten Fragen an die Kirche konfrontiert, und ich armes Mönchlein soll sie lösen! Wenn nur Marie hier wäre! Ich muss den Kummer um sie - und den von Lucy ertragen! Es ist, als hätte ein Dolch mein Herz durchbohrt. Dann sagte er mit matter Stimme: „Lucy, ich habe Ihnen vor ein paar Monaten zwei Bücher geschenkt. Schauen Sie da rein, dort steht – vielleicht – die Antwort." Lucy sah, dass der Priester am Ende war. Er war einfach überfordert. Sie verabschiedete sich und sagte:

„Ich wünsche Ihnen ein frohes F …" Dann zuckte sie zusammen, als sie an Marie dachte, die Tränen in den Augen des Priesters sah und verließ darauf entsetzt die Wohnung, um in ihrer Seniorenresidenz Manderley Ruhe zu finden. Sie ließ Martin zurück, der sich auch noch auf die Weihnachtspredigt vorbereiten musste, und dessen Verzweiflung wie ein dicker schwarzer Teppich über ihm hing. Ich werde eine böse Predigt verfassen!, dachte er. Egal, was die Gemeinde denkt, egal was das Bistum dann mit mir machen wird. Gramgebeugt setzte er sich vor seinen klapprigen Tisch und begann zu schreiben.

Ein eiskaltes Schaudern fließt durch meine Adern …

Anfang November war es noch ungewöhnlich warm, und die kalten Tage schlichen wie Gangster um Gerresheim herum. Leise, flüsternd, aber dann begann der Angriff, und innerhalb weniger Stunden war Gerresheim eingeschneit, und der Schnee blieb, bis heute. Wer es sich erlauben konnte, blieb zu Hause und machte es sich vor dem Bollerofen gemütlich. Nur die Kinder stürmten hinaus, um einen Schneemann zu bauen, aber es war so beißend kalt, dass man die Bildhauerei auf den nächsten Tag verlegen wollte. Zudem konnte man bei dem Schneesturm so gut wie nichts erkennen, schon gar nicht das alte Herrenhaus namens Manderley, das zwischen dem Rotthäuser Weg und dem Friedhof lag. Ein hohes, schmiedeeisernes Gitter sorgte für Schutz und Isolation. Aus zahllosen schmalen Schornsteinen drang Rauch in den düsteren Himmel.

Das vornehme Anwesen war den meisten unbekannt, denn es wurde keine Werbung gemacht, da man größten Wert auf eine gewisse Noblesse legte. Zudem war es für die meisten viel zu teuer, um hier ihren Lebensabend zu verbringen. Hier hinein zu wollen, war nur über einen ausgezeichneten Leumund möglich, und die monatlichen Pflegekosten lagen in unerschwinglicher Höhe. Der Name Manderley stammte aus dem Roman „Rebecca" von Daphne Du Maurier. Der Besitzer, Lord Marchmain, der gewiss Hochstapler war, liebte den Film über alles, und Berthold Bückmann, sein Spießgeselle, ebenfalls. Dann gab es noch Herrn Karl, den Hausmeister, aber der ist nicht der Rede wert. Lydia Dellbrück aber schon. Sie war eine Art Hausdame oder Vorsteherin, die treppauf und treppab lief und ständig aus der Puste war. Groß, hager, mit stechendem Blick und einen Dutt am Hinterkopf. Sie beherrschte die Kunst, durch Kosmetik aus der Not eine Jugend zu machen. Wenn sie lachte, was selten vorkam, hörte es sich an, als würde man eine Eule im Keller foltern. Ja, sie war emsig, aber nicht wegen der Heimbewohner, sondern wegen ihrer Chefs, und von einem wollte sie geheiratet werden. Von wem, war ihr egal; Hauptsache, sie war die Chefin von Manderley!

In Manderley angekommen, ging Lucy in die Bibliothek. Sie hatte ihre Bücher immer dorthin gestellt, damit auch andere etwas davon haben. Die Antwort Martins hatte sie verstimmt. Welche Bücher hatte er ihr geschenkt? Da war das Neue Testament, na, prima. Und wo sollte sie dort suchen, und wonach überhaupt? Das andere Buch war von Agatha Christie „Poirots letzter Fall- Der Vorhang". Hmmm... Lucy setzte sich in den Ohrensessel und blickte in den Kamin, in dem die Flammen allmählich zu Ende gingen. Sie saß im Halbdunkel, und es war mucksmäuschen still. Ein paar Ölgemälde mit Honoratioren aus Gerresheim blickten sie strafend an. Auf dem großen Tisch im Speisezimmer stand ein Adventskranz, an dem drei Kerzen entzündet waren. Überall Weihnachtsschmuck, Girlanden,

Mistelzweige, obwohl viele Heimbewohner bei ihren Verwandten waren. Henry war bereits seit drei Stunden im Bett und schlief. Früher war er eine Nachteule, doch die Krankheit hatte ihn erschöpft und altern lassen.
Im Kamin knackte es. Im Schein der Stehlampe aus dem vorletzten Jahrhundert blätterte Lucy Ascher Seite um Seite durch. Nichts. Enttäuscht wollte sie den Krimi zur Seite legen, als sie ein paar Zeilen am Ende des Buches las, die dick unterstrichen waren. Von Pater Martin bestimmt. Die Zeilen erschütterten sie, und ihre Hände begannen zu zittern. Der Meisterdetektiv Hercule Poirot aus Belgien begeht Selbstmord. Aber nur aus edlen Motiven heraus, denn dieser Suizid sollte den Tod eines anderen Menschen verhindern. Der Detektiv ist klein und dick, hat einen gezwirbelten Bart und ist stets gut gekleidet. Ein Genussmensch, der alles weiß und jeden durchschaut. Poirot schreibt in diesem Roman eine Art Testament und küsst dabei den Rosenkranz:
Oh Herr. Streiche mich aus dem Buch des hiesigen Lebens und nimm ich in Dein ewiges auf. Ich möchte nicht feige ins Leben zurückkehren, sondern will mich tapfer Deinem Willen stellen, wenn ich tot bin. Ich will voller Demut meine Seele in Deine Hände legen. Es liegt nur an Dir, mich zu richten.
Hercule Poirot.

Lucy atmete schwer. Wo hat man so etwas schon gelesen? War das die Antwort auf ihre Frage? Hatte Pater Martin wieder mal eine prophetische Ader, als er ihr das Buch schenkte? Schwer scheppernd, krachten die Fensterläden gegen die Wände, denn ein Sturm kam auf. Lucy blickte mit leeren Augen aus dem Fenster in die Dunkelheit. Ob dies unser letztes Weihnachtsfest ist ..?
Dann ging sie zur Bar und schenkte sich einen Gin ein und dachte an Henry. Er lag oben im Bett, und kühles Dezembermondlicht fiel auf die Laken. Es duftete dort nach Raumöl, das Puder, Arzneimittel, Kampfer Gelenksalbe übertünchen sollte, denn er hatte die böse K-Krankheit

und wurde immer vergesslicher. Nur Lucy dachte noch an die herrliche Zeit, als sie wie die Zigeuner mit dem klapprigen VW-Bus durch Europa tourten und Henry manchmal als Clown in kleinen Zirkussen auftrat oder als Heiratsschwindler reiche, alte Damen mit hoher Rente und niedrigen Lebenserwartungen um ihr Geld brachte. Lucy selbst tat es ihm gleich, oder bot sich als Klavierlehrerin an. Beim zweiten Glas Gin kullerten ihr die Tränen über die Wangen. Mal lebten sie arm in heruntergekommenen Zimmern in Marseille, oder ließen es sich wie die Fürsten in Nobelhotels in Deauville gutgehen. Zum Beispiel im Pierre & Vacances. Dort konnte man auch auf neue Opfer lauern, die wegen ihres Geldes sowieso nie lange arm blieben. Lucy und Henry waren Bonnie and Clyde, aber ohne Leichen.

Ob das nun die Quittung war? Lucy putzte sich die kleine Nase und ging nach oben.

23. Dezember. Die Hoffnung stirbt.

Der folgende Tag war wieder trüb, und Lucy nahm mit ihrem Mann das Frühstück und später das Mittagessen schweigend ein. Bückmann, der Lord und Frau Dellbrück ließen sich vom übriggebliebenen Personal bedienen, denn die meisten waren bei ihren Verwandten.

Gegen fünfzehn Uhr setzte sich Lucy vor den Sekretär, der in der Bibliothek stand und schrieb mit ernster Miene und mit ihrer schönen Handschrift einen Brief. Es wurde gegen siebzehn Uhr bereits dunkel, Kerzen wurden angezündet, der Kamin prasselte, und Henry nahm eine feierliche Haltung ein. Er erhob sich langsam aus seinem Sitz und gab eine seltsame Liebeserklärung von sich:

„Meine liebe Lucy, ich habe mich sofort in dich verliebt, als du versucht hast, mich in Frankreich vom Felsen in die Tiefe zu stürzen. Nein, war das köstlich! Und danach sogar ... wolltest du mich vergiften, später sogar mit dem Messer töten, weil du hinter meinem Geld her warst. Du warst so etwas von temperamentvoll und hartnäckig! Und das bist du noch heute ..." Henry beugte sich vor aus seinem Ohrensesel und küsste die Hand seiner Frau und fuhr fort:

„Die Ehe ist nicht der Beginn einer großen Liebesbeziehung, sondern der Anfang einer großen Katastrophe. Aber manchmal endet sie gut! Und bei uns, liebe Lucy, endet sie sogar ausgezeichnet! Oh, wie ich dich liebe! Zwischen dir und mir passt kein Blatt Papier."

„Das hast du schön gesagt", antwortete Lucy und küsste ihren Mann auf die Stirn. Was für ein langer Monolog?, dachte sie. Aber schön. Oder? Doch nun musste Henry husten, die böse K-Krankheit, die Erschöpfung. Die makellose Stirn der kleinen Asiatin bekam ein paar Falten, aber ihre flotte Pagenfrisur machte alles wieder wett. Sie trank einen Gin und blickte versonnen aus dem riesigen Fenster ins verschneite Rotthäuser Bachtal, das später nach Haus Morp und Erkrath führt. Aus den Schornsteinen stieg Rauch gen Himmel, selbst der Fluss war unter dem Schnee so gut wie verschwunden. Dann fielen ihr wieder die liebevollen Worte von Henry ein, die sie eben gehört hatte. Wann habe ich mich eigentlich in ihn verliebt? Wir zogen ja schon eine Weile durch die Lande, und in Lacanau hatten sie eine billige Bleibe gefunden. Im Les trois Amis, das heute wohl ein gutes Restaurant ist. Irgendwie hatte Lucy das Gefühl, dass ausgerechnet Schwester Marie und Pater Martin dort vor kurzer Zeit gewesen sind. Wie komme ich darauf? Sehe ich durch Krankheit und Medikamente schon Gespenster? ? Das ist doch eine fixe Idee, doch sie hörte Martin sagen: „Wissen Sie, die einen sammeln Briefmarken, die anderen sind fixiert auf die Welt – dahinter. Man durchschaut manches." Damals fragte Lucy ihn:

„Sind Sie denn niemals einsam, allein?" Er lächelte sein Wolfslächeln und antwortete:

„Ein Mystiker ist nie allein. Wenn Sie wüssten, mit wie vielen Geistwesen, Engeln und Heiligen ich in der Meditation zusammen bin, da würden reale Menschen nur stören.

Aber bitte erzählen Sie das niemandem. Pfarrer Pasetti hat mir schon mal gesagt, dass mir in der Psychiatrie geholfen werden kann. Dabei hat er wohl Tausende von Heiligen vergessen, denen es genauso ging."

„Wenn man sehr krank ist, wie Sie, und einen Bezug zur Welt hinter der Welt hat, kann man hellsichtig werden", meinte er. Sie verstand kein Wort, aber nun wurde ihr einiges klar. Jedenfalls verliebte ich mich richtig in Henry, als er mich in Lacanau losschickte, damit er alleine kochen konnte. Er wollte mich mit einem leckeren Abendessen überraschen, und ich sollte um einundzwanzig Uhr wiederkommen. Kochen lag ihm nicht, aber als ich wiederkam, stand ein einigermaßen gelungener Schweinebraten mit allem Pipapo auf dem Tisch mit Kerzen. Gabeln links, Messer rechts, in der Mitte ein sehr guter trockener Rotwein namens Tignanello Toskana. Als ich in die Küche zum Kühlschrank ging, um eine Flasche Wasser zu holen, hing an seiner Tür ein Zettel: „Erst Schweinebraten in den Ofen, ca. 18.00 Uhr. Danach: Gemüse zubereiten, würzen. Anschließend die Kartoffeln bearbeiten, und um einundzwanzig Uhr kommt - LUCY!" LUCY, und ein Herz drumherum!
Dieser Zettel ging mir durch und durch. Meinen Namen hatte er so geschrieben, als sei ich die Erlöserin der Welt!

„Gütiger Gott!" sagte Lucy Ascher, als sie durch das Stöhnen von Henry, der unter seiner Krankheit litt, wieder zurück ins Jetzt hinein geholt wurde. In ein Jetzt, kurz vor Weihnachten 2019. Die Gerresheimer wiegten sich noch in Watte und Sicherheit, nicht wissend, was in zwei Monaten auf sie zukommen wird. Dann, wenn Pater Martin verzweifelt predigt, dass Angst ein schlechter Berater ist und man sich stattdessen besser auf das Licht konzentrieren möge. „Wer Sicherheit im Außen sucht", wird er sagen, „ist ein armer Tropf und Abhängig wie ein Süchtiger. Greift nach dem inneren Licht. Und wenn Ihr das ganze Universum dabei erwischt – umso besser! Werft die Zeitungen in den Müll und lest die Mystiker!"

Aber nun sagte Lucy zu ihrem Mann:

„Der Teich ist gleich eingefroren, mein Schatz, und die Tannen beugen sich unter der Schneelast. Brrr ..." Schnell zog sie ihren Seidenschal um den Hals. Sie trug ein langes Abendkleid aus Samt, das vorzüglich zu dem grauen Flanellanzug ihres Mannes passte.

Anwesend waren Frau Dellbrück, die scheinbar schlafend auf der Chaiselongue lag, Herr Bückmann und der Lord saßen jeweils gegenüber in großen roten Sesseln und ruhten sich aus. Wovon eigentlich?

Henry nahm ihre Hand und küsste sie.

„Mein kleiner Schneehase", sagte er wieder feierlich, „wie mag es mit uns weitergehen? Bei den meisten Paaren werden aus Schmetterlingen im Bauch wieder hässliche Raupen. Nicht so bei uns!"

„Mein lieber großer Schneehase", wiederholte Lucy. „Es ist auch zu dumm, dass wir beide den gleichen Kosenamen bevorzugen. Und auch nicht besonders einfallsreich."

„Es ist absolut nicht ungewöhnlich für ein altes Ehepaar, das sich liebt und gegenseitig verehrt!" , meinte Lucy.

Er wurde nachdenklich und blickte versonnen in die Flammen. Das Holz knackte, währenddessen sich draußen Schneeberge auftürmten. Der Wind heulte um die alten Mauern von Sankt Margareta, die allerdings weit entfernt von ihnen war. Das riesige Eingangstor schepperte noch eine Weile vor sich hin, bis der Schnee dem Krach ein Ende machte: die Tore blieben stecken. „Inzwischen sind wir wohlhabend geworden, Dank Betrug oder Heiratsschwindel. Aber es hat doch nur Reiche getroffen."

Lucy zog ihre Schultern hoch, denn der Schneesturm hatte zugenommen. Sie saß am Klavier und spielte sehr dramatisch Rachmaninoff.

Wenn wir zusammen sterben, ob wir unseren Sohn wiedersehen? dachte Lucy. Sie blickte auf das Bild über dem Kamin, das „und ich stand da wie erstarrt" hieß. Es stellte Daniel dar, ihren Sohn, der in zu jungen Jahren aus dem Leben schied. Ob es wieder Drogen waren, von denen er zunächst frei zu sein schien? Lucys Blick fiel hasserfüllt auf die Hausdame Lydia Dellbrück, die Daniel damals unter ihre Fittiche nahm. Dass sie häufig trank und Drogen konsumierte war bekannt. Noch bekannter war, dass er sich von ihrem altmodischen Charme angezogen fühlte, eine Art und ihn die Reife ihres Alters faszinierte. Ja, sie sieht gut aus, dachte Lucy, und ihre kleine Faust verkrampfte sich. Wenn sie es war, die ihn verführte Drogen zu …? Inzwischen rannen Blutstropfen in ihre angespannte Hand hinein. Schnell wischte sie sich mit einem Taschentuch sauber und betrachte liebevoll das Bild ihres schönen Sohnes. Weiß die zarte Haut und mit schwarzen Haaren eingerahmt. Die Malerin war Tanja Keller, die mit dem verrückten Journalisten Markus verheiratet war, und die eine seltsame Weihnachtsgeschichte auf Langeoog erlebt hatte.

Allmählich war die Sonne endgültig hinter dem weißen Horizont verschwunden. Der Schnee türmte sich hoch vor Türen und Fenster. Es schneite immer noch. Die Welt sah weiß, schweigend und drohend aus. Henry erhob sich stöhnend aus dem Ohrensessel und ging auf Lucy zu. Er überragte sie um vier Köpfe, aber die Krankheit nagte an ihm, und nun hingen seine ehemaligen Muskeln schlaff herunter. Ascher musste sich sogar an seiner kleinen Frau festhalten. Zärtlich umfasste Henry von hinten ihre schmale Taille und roch an ihrem schwarzen Haar. Sie erhob ihre Hand und streichelte seine eingefallene Wange. Niemand kam auf die Idee, das Licht einzuschalten. Wie zwei gespenstische Silhouetten standen sie da, und der Schneesturm heulte ums Haus.

Die Kerzenleuchter genügten und warfen ihr Licht unheimlich an die Tapeten aus weinrotem Brokat. Henry hatte sich inzwischen schwerfällig erhoben und ging hinter seine Frau.

„Ich könnte hier ewig mit dir so stehen", flüsterte Henry. „Wie gut wir es haben." Sie schnurrte wie eine Katze. Dann drehte sich Lucy um und küsste ihren Mann.

Das Kaminfeuer war eben erloschen, und die Kerzen würden bald abgebrannt sein. Es herrschte Totenstille. Nur der Wind strich leise ums Haus. Lucy zog sich ihren dunklen Paletot an, legte sich einen roten Schal um den Hals und ging hinein in Dunkelheit und Kälte. Morgen ist Heiligabend, dachte sie und schauderte. In der Einsamkeit. Sie ging ein paar Schritte auf den Oberen Gerresheimer Friedhof, und der Wind peitschte ihr ins Gesicht. Sie öffnete das Friedhofstor und ging zu Daniel`s Grab. Sie befreite es notdürftig von Blättern und Schnee und stellte ein frisches Grablicht auf den Marmorstein. Dann warf sie Daniel einen Handkuss zu. Gleich kommt die Stunde der Entscheidung, sagte sie zu ihm. Vielleicht sehen wir uns bald wieder. Oder nicht. Die nächste Stunde wird`s bringen ...Sie zündete sich eine Zigarette an und verließ nachdenklich den Friedhof. Von oben konnte sie ein paar Dächer von Gerresheim sehen, über die leichter Nebel hing, und der die Tausende von Weihnachtsbäumen und Kerzen nicht verdecken konnte.

Zurückgekehrt in Manderley, legte sie ab und trank einen Whisky. Die Wärme war herrlich! Dann blies sie sich in die steifgefrorenen kleinen Hände. Sie hatte Angst, vor dem, was jetzt kommt. Henry erblickte Lucy, erhob seine Arme, um sie zu begrüßen, und sagte:

„Meine liebe Lucy, ich habe mich sofort in dich verliebt, als du versucht hast, mich vom Felsen in die Tiefe zu stürzen. Nein, war das köstlich! Und später wolltest du mich vergiften, danach ...“

Lucy war entsetzt, griff sich ans Herz und dachte: Wie oft hast du mir diese verrückte Geschichte heute schon erzählt? Und gestern, und ...Sie atmete schnell und heftig, ging zum Sekretär und nahm den Brief von heute Nachmittag in ihre Hand. Dann ging sie zum Briefkasten, der vor dem Seniorenstift stand, und warf ihn ein. Sie atmete immer noch schwer und hielt sich an dem Kasten fest. In Gottes Namen, sagte sie und ging wieder ins Haus hinein.

Lucy setzte sich neben Henry auf die riesige Couch aus dunkelblauem Samt, und sie prosteten sich zu. Die Gläser hatte sie bereits vor zehn Minuten mit Whisky gefüllt. Und mit dem tödlichen Medikament, das sie vor Jahren aus dem Arzneischrank ihres Arztes gestohlen hatte.

Sie sagte müde: „Zum Wohl, mein Schatz! Lass uns auf Weihnachten trinken. Ich danke dir für die wundervolle Zeit. Ich denke, was auch geschieht, wir werden immer zusammen sein. So zumindest habe ich Pater Martin verstanden, nachdem wir lange über das ewige Leben gesprochen haben."

„Wir sind wie Wellen", sagte er. „Wellen, die zu einem riesigen Meer gehören. Sie verwandeln sich ständig und haben niemals Angst, allein zu sein, denn sie sind im Meer, aber das Meer ist auch in ihnen." Dann küsste sie ihn zärtlich auf die Wange. Henry sah sie an, als hätte er kein Wort verstanden. Nur eines bereitete Lucy Freude: der tödliche Drink hatte bereits Frau Dellbrück, Herrn Bückmann und Lord Marchmain dahingerafft. Sie lagen schon seit einiger Zeit tot in ihrem Gestühl, denn ihr letzter Drink wurde von Lucy serviert. Alle drei blickten mit offenen Mündern in die weglose Öde der Finsternis.

Henry sagte:

„Wie du meinst, mein Schneehase. Du hast ja immer recht. Fast immer … Ob wir noch viele Weihnachtsfeste … erle … ben …?" Henry hustete. Sein Gesicht war eingefallen, die schütteren dunklen Haare hingen ihm über die verschwitzte Stirn, und Lucy löste die dicke Krawatte, die über seiner eleganten Jacke lag. Früher war er groß und sportlich, aber heute war davon kaum etwas übrig geblieben.

Dann nahmen sie sich bei den Händen und blickten sich lange in die Augen. Plötzlich fühlten beide, dass ihre Körper müde und schwer wurden. Schlaff fiel die rechte Hand in seinen Schoß, und Lucy wollte etwas sagen, aber das Sprechen fiel ihr sehr schwer. Ihr Mann schloss zärtlich ihren Mund und sagte matt:

„Ich weiß, was du mir … sagen willst … Auch ich danke dir und ich … liebe …"

Das letzte Wort konnte er schon nicht mehr aussprechen, und Lucy war bereits in einer anderen Welt.

Haaalt! Stopp ..! Was ist das für eine Weihnachtspredigt, die Pater Martin schreiben will? Was ist das hier überhaupt für eine Weihnachtsgeschichte? Nicht von Harmonie, Liebe und Geborgenheit ist hier die Rede, sondern von Verlassenheit, Trauer und Tod. Aber so ist es halt, das Leben. Wir müssen uns auch mal mit bösen Weihnachtsfesten abfinden.

Oder? Moment! Wir haben ja erst den Dreiundzwanzigsten Dezember. Morgen erst ist Heiligabend. Hmmm …Was sehen wir da? Pater Martin geht ohne Kraft und Hoffnung an die Wand, um seinen Adventskalender zu öffnen. Herr Karl, der Hausmeister von Manderley, der keine Rolle spielt, hat ihn Martin geschenkt. Der Kalender war von Netto. Martin öffnet das Fenster des vierundzwanzigsten Dezember, aber statt einer Süßigkeit sieht er ..? Oh, nun müssen wir die Luft anhalten, denn nun kommt etwas ganz, ganz Neues. Wir treten diskret zur Seite und schauen, was nun kommt. Tief durchatmen, bis zehn zählen: eins, zwei, drei, vier …

sind wir bereit? Und nun tief durchatmen! Ahhhh ….

24. Dezember: manchmal, manchmal kommen sie wieder …

Pater Martin sieht verblüfft in ein leeres Kalenderfenster. Nichts. Gar nichts ist da drin. Doch – Moment. Ein kleiner Bilderrahmen ist zu sehen, aber der ist ebenfalls leer. Martin kratzt sich am Kopf und denkt: die werden auch immer geiziger. Aber das ist das endgültige Zeichen, dass er nach Weihnachten zurück in sein geliebtes Kloster gehen soll. Dort wird er Trost und Ruhe finden. Er öffnet die Tür und sieht einen Brief, der aus dem Kasten hängt. Der Schnee hat ihn beinahe aufgeweicht. Sofort erkennt er die wunderschöne Handschrift von Lucy. Er öffnet ihn und bewundert die Ornamente, mit denen sie die Seitenränder verziert hat. Er setzt sich und liest. Schon über die erste Zeile ist er erschrocken, denn Lucy scheint genau zu wissen, was er vorhat: er will Gerresheim verlassen. Sie schreibt:

Mein lieber Martin, du bleibst! Ich weiß, wer du wirklich bist. Es gibt in Gerresheim eine letzte Zuflucht für die Verzweifelten, für die Ungeliebten. Du bist die letzte Instanz, wenn das Leben so furchterregend ist. Dann bist du die letzte Hoffnung. Es gibt einen Mann, der in einer heruntergekommenen Wohnung in Gerresheim meditiert und analysiert. Einer, der immer da ist. Einen Priester, der viele aus der Gemeinde zum Teufel schicken würde, weil sie so schrecklich oberflächlich sind. Aber du gibst dein letztes Hemd jedem, der es braucht. Du bist der klügste Mann, den ich je gekannt habe. Mein Seelenführer, mein Guru – Pater Martin!
Ich wünsche dir ein schönes Weihnachtsfest und trauere nicht um uns. Wir sind schon wieder da. Man muss nur die Augen offen halten,
Deine Lucy

Martin schluckt und weiß sofort, was Sache ist; die beiden sind tot. Neiiinnn ...! Schreit er verzweifelt durch die Wohnung. Bitte nicht auch noch Lucy und Henry! Ich muss Schlimmeres durchmachen, als Hiob ...!
Er fährt mit dem Taxi nach Manderley am Rotthäuser Weg. Martin fährt sonst auf einem klapprigen Fahrrad, das zehn Jahre alt ist. Die kleine Straße, die ohnehin schon schmal und holprig ist, wird durch Schnee und Eis noch gefährlicher. Trotzdem treibt Martin den armen Taxifahrer zur Eile an.
Der Wagen hält vor dem eisernen Portal des Seniorenstifts und gerät dabei ins Rutschen. Martin zahlt hastig einen viel zu hohen Betrag und rennt zum Eingang. Dabei wäre er um ein Haar auf dem Eis ausgerutscht. Seine Soutane flattert im Wind, und gleicht einer hysterischen Fledermaus. Er sieht mit Entsetzen Krankenwagen, Notdienst

und Polizei herumlaufen. Jemand will ihn aufhalten, aber er ist nicht zu stoppen. „Ich bin hier Seelsorger!" schreit Martin einen Beamten an. Dieser denkt: ein schöner Seelsorger, bei dem es fünf Tote gibt …

Die Särge sind bereits verstaut, und Martin fühlt sich hypnotisch von der Bibliothek angezogen. Was soll ich hier? Ich müsste jetzt im Krankenwagen sitzen und für die zwei beten. Aber was hätte Martin gesagt, wenn er anstatt zwei, fünf Särge gesehen hätte?

Er sieht sich um und kann nichts Besonderes erblicken. Dann denkt er an die Tür des Adventskalenders. Nummer vierundzwanzig. Dort war nichts, außer einem leeren Bilderrahmen. Martin fühlt ein Kribbeln im Magen und sieht auf das Bild über dem Kamin, das Daniel darstellt, und unter dem steht Und ich stand da wie erstarrt. Martin sieht nach oben und- sieht nichts! Ungläubig geht er auf die Schuhspitzen und streicht mit der rechten Hand über die Leinwand. Sie ist leer, so, als habe sie noch nie einen Pinselstrich abbekommen.

Ich weiß die Lösung!, denkt Martin. Es ist ja völlig klar, weil … Ja, weil – was? Streng deine Birne an, Martin. Die Lösung liegt auf der Hand. Ihm fällt allerdings nichts ein und er schlägt sich mit der Faust gegen die Stirn. Sie muss leer sein, denn … Ach ja. Ich habe durch Stress verursachte Wahnvorstellungen. Oder ich muss meine Vorstellungen, die ich von der Realität habe, infrage stellen. Wie ist das noch mal mit der verschränkten Physik … Dort ist ja alles möglich … Martin, denk nach!

Plötzlich rennt Herr Grabowski durch die Eingangstür, direkt auf Martin zu. Er ist Forstaufseher, hat ein Gewehr hinterm Rücken hängen und ist ganz außer Atem. Er sagt: „Pater Martin! Es ist etwas ganz Ungeheures passiert ..!"

Martin dreht sich erschöpft um und ärgert sich über die Störung bei seiner Grübelei.

„Ja, guter Mann, ich weiß. Wir haben Tote zu beklagen; ausgerechnet am Heiligabend."

„Ich weiß. Aber da ist noch etwas, was ich Ihnen sagen muss …"

„Ja, was denn um Himmels willen?" Herr Grabowski sagt ganz aus der Puste:

„Ich kenne hier jeden Baum und Strauch. Ich kenne alle Tiere. Aber so etwas habe ich noch nie gesehen. Schneehasen!" Nun steht Martin da, wie erstarrt. Wieder mal. Seine Gedanken überschlagen sich. Grabowski sagt:

„Schneehasen gibt es hier weiß Gott nicht! Sie kommen in Japan vor, in Schottland oder in den skandinavischen Ländern. Aber nicht bei uns! Das ist eine … Sensation!" Martin ist aus dem Häuschen. Er packt den armen Mann fest bei den Schultern und rüttelt ihn. Er sagt:

„Das ist die Lösung! Und ich weiß auch genau, wie viele Hasen es sind! Drei, nicht? Zwei große und ein kleiner."

„Woher wissen Sie das?" Grabowski ist völlig perplex.

„Nun, weil ich halt Pater Martin bin." Dann rennt er nach draußen und sieht sofort, wie drei Schneehasen ins Tal hoppeln. Der Sonne entgegen. Die beiden großen vorneweg, und der kleine springt hinterher.

Martin versucht, die Tränen zurück zu halten und will sich eine Zigarette anzünden und denkt darüber nach, dass die böse Weihnachtspredigt unbedingt positiv überarbeitet werden muss. Das Feuerzeug ist leer. Von hinten gibt ihm jemand Feuer. Er sagt Danke, zündet sich den Glimmstängel an und fährt zusammen. Er erkennt die rettende Hand, an der ein dicker Siegelring ist, auf dem DB steht, sofort. Dann kommt das Leben zurück, er dreht sich um und sagt vollkommen erschüttert:

„Marie – du??? Ich denke, du bist tot!" Marie sieht ihn ungläubig an. Sie ist wieder ganz in Schwarz gekleidet und Schneeflocken wehen ihr ins Gesicht. Keine Spur von Verletzungen oder Verbänden. Sie sieht mehr als gesund aus, was man von Martin nicht gerade sagen kann. Er gleicht mit seiner grauen Haartolle und dem Bart einem Weihnachtsmann, der kurz vor dem Kollaps steht und gerade aus der Ausnüchterungszelle gekommen ist. Marie fragt:

„Wieso soll ich tot sein?"

„Na, du bist gut. In den Nachrichten wird stündlich von deinem Unfalltod mit dem Taxi berichtet. Der Fahrer wird genannt, das Kennzeichen … Ich habe mir das alles zufällig gemerkt." Marie denkt nach und antwortet, halb mitleidig, halb traurig:

„Oh, der arme Junge. Das tut mir leid. Aber als ich im Wagen saß, habe ich bemerkt, dass ich kaum Geld mithatte. Ich bat den Mann zu halten und sprang in die nächste Bahn."

„Wohin denn, du liebe Güte?"

„Na, in die Altstadt natürlich. Im Maxhaus habe ich ja ein Zimmer. Dort wollte ich über die vergangenen Tage in Lacanau nachdenken. Zur Ruhe kommen und über die Zukunft mit uns nachdenken. Falls wir überhaupt eine haben. Die Morperstrasse wäre mir zu unruhig gewesen. Und was hast du gemacht?"

„Ich habe mich besoffen."

„Das ist ja klar." Dann erzählte ihr Martin alles. Danach nimmt ihn Marie in die Arme und sagt:

„He, wo ist deine Logik geblieben, dein analytischer Verstand? Hast du dich bei Pfarrer Pasetti, unserm Boss, nach mir erkundigt? Hast du an das Maxhaus gedacht? Neee, du hast alles vergessen. Ich glaube, in Wirklichkeit bist du alles andere als cool und unantastbar. Das ist nur ein Schutz vor den übermächtigen Gefühlen, die du hast. Die darf niemand sehen."

„Meinst du?" Marie nickt lächelnd und küsst ihn auf den Mund. Martin fragt:

„Du bist auch in der „Dunklen Bruderschaft"? Ich hab`s an deinem Ring erkannt. Meinen habe ich beinahe immer versteckt." Marie legt den Zeigefinger vor die Lippen und macht pssstttt! Die Bruderschaft nimmt nur Eliten. Aber selbst wir wissen nicht genau, wer oder was dahinter steckt. Wir müssen dienen, wir müssen gehorchen. Wir beugen uns. Und warten auf neue Aufträge, wie diesen hier. Ich denke, das mit Lucy und Marie haben wir gut hingekriegt, ohne zu wissen, wie. Merkwürdig …"

Auf einmal kommt Herr Karl angetrottet. Der Hausmeister, der keine Rolle spielt. In der rechten Hand trägt er ein riesiges Radio, in dem WDR 4 gespielt wird. Allmählich wird es wieder kälter und es schütten dicke Schneewolken auf unsere Freunde herab. Herr Karl fragt:

„Haben Sie auch die drei Schneehasen gesehen?" Martin nickt begeistert, und Marie sieht verblüfft aus der Wäsche. „Das erzähl` ich dir gleich, du wirst es kaum glauben", sagt Martin. Er nimmt sich Herrn Karl vor:

„Was spielen Sie da eigentlich, das hört sich ja toll an!" Im Radio singt Frank Sinatra „Strangers in the Night."

„Lauter, drehen Sie den Apparat bitte voll auf" Herr Karl gehorcht verblüfft. Und dann nimmt Martin Marie in die Arme und tanzt mit ihr ins Tal hinein. Die Schneeflocken hüllen sie ein, und bald sind sie mit ihnen eins geworden. Dabei singt Martin viel zu tief und mit falscher Betonung: „Du- bi - du - bi - du ... Strangers in the Night ..."

Ein Bus mit Kölner Kennzeichen ist angekommen. Die Touristen sehen mit offenen Mündern und baff erstaunt unsere kleine Szene. Herr Karl, der doch eine kleine Rolle spielt, ruft ihnen zu:

„Willkommen in Gerresheim! Ein frohes Weihnachtsfest Ihnen! Hier erleben Sie Sachen, die Sie in Köln – was sage ich in Köln, auf der ganzen Welt nicht erleben!"

Für meine Frau Betty und Sohn Daniel. Daniel verstarb unter ähnlichen Umständen im Alter von 37 Jahren.

(+) Mein Roman „Die Hexe von Gerresheim"

(++) „Todesschwingen" Neue Kurzgeschichten von mir aus Gerresheim, in dem „Die dunkle Bruderschaft" ihr Unheil treibt. Aber Martin und Marie sind ihnen auf der Spur. Erscheint 2021.

„Manderley" ist natürlich rein fiktiv, obwohl einige meiner Leser behaupten, schon dort gewesen zu sein. Der Herr sei ihrer Seelen gnädig.

„Wie könn't ich von dir gehen?" Bitte bei YouTube das wunderschöne Lied von Udo Jürgens genießen.

Zu diesem Buch

Zwei der hier versammelten Geschichten sind bereits vor geraumer Zeit in einer frühen Rohfassung in kleiner Auflage erschienen. Das ist lange vergessen.
Nun wurden die Geschichten grundlegend überarbeitet und erscheinen in neuem Gewand. Gemeinsam mit einer dritten, brandneuen Geschichte bieten sie hoffentlich ein kurzweiliges Lesevergnügen.

Danksagung

Was nützen einem fixe Ideen für ein Buch, wenn niemand da ist, der sie durchführt?
Somit bedanke ich mich vor allem bei meiner Frau Betty.

Weiterhin gilt mein Dank folgenden Personen,
die mich bei diesem Buch unterstützt haben:

Wine van Velzen
Karl-Otto Weil (Lektorat)
Markus Berghahn
Peter Stegt
Hanno Parmentier
Michael Schönberg
„Die dunkle Bruderschaft, Luzifer"

Zum Autor

„Ich bin kein großer Fan von mir - aber ich gebe mir alle Mühe."
Peters war viele Jahre im öffentlichen Dienst bei der Bundeswehr. Nun widmet sich der Autodidakt ausschließlich der Kunst. Auf diversen Bühnen trägt er seine schwarzhumorigen Stories vor. Dabei begleitet ihn seine Frau Betty am Klavier. Er war häufig Mönch auf Zeit in Niederalteich oder Maria Laach, was sein Leben sehr geprägt hat.
Stephan Peters leitet die Krimi-Lesereihe „Die dunkle Bruderschaft Luzifer" in Gerresheim, in der prominente Autoren(innen) vortragen. Peters hatte Auftritte in Fernsehen und Radio. Er ist Literaturbeirat im Kulturkreis Gerresheim e.V. und Mitglied der Thomas-Mann-Gesellschaft Düsseldorf.
„Vom 18. Lebensjahr an habe ich mich so sehr mit Horror, Schwarzer Romantik, Mystik und Meditation beschäftigt, dass es mir wahrscheinlich gar nicht auffallen wird, wenn ich einmal sterben werde. Dann geht die Party erst richtig los!"

www.st-peters.de

DIE HEXE VON GERRESHEIM

(Hardcover, Neuauflage)

Das verträumte Gerresheim bei Düsseldorf freut sich auf das Weihnachtsfest.
Alle lieben ihren Pfarrer, Pater Martin, aber beinahe noch mehr die Stammkneipe Klabautermann.

Der Kirchenchor von Sankt Margareta legt sich ständig mit der Rocker-Gang an und im Klabautermann geht es erotisch drunter und drüber.

Aber eines schrecklichen Tages betritt eine ebenso wunderschöne wie teuflische Frau den Ort und verbreitet Panik und Schrecken.

Sie mordet!
Wahllos?
Oder gibt es ein System?
Wen trifft es als Nächstes?

Pater Martin kämpft mit seiner Gemeinde wacker gegen die Hexe, wobei ihnen Weihwasser, Knüppel und Altbier behilflich sind.

Doch die entsetzlichen Morde nehmen kein Ende!

Die Bücher sind erhältlich bei:

- ❀ Mayersche Buchhandlung an der Benderstraße
- ❀ Gerresheimer Bücherstube
- ❀ photolounge am Gerricusplatz
- ❀ per Mail direkt beim Verlag unter vg@gerrikuss.de (zzgl. Porto)

oder deutschlandweit im regulären Buchhandel!

GERRESHEIMER GRUSELGESCHICHTEN
The best of Stephan Peters
(Hardcover, handsigniert)

Eine ausgesuchte Dammlung bereits veröffentlichter, plus zwei neuen Geschichten.

Spannung und subtile Komik sowie brutale Verbrechen in Gerresheim sind das Markenzeichen des Erfolgsautors Stephan Peters.

Hinzu kommt ein kräftiger Scuss Lokalkolorit!

Stephan Peters
und die dunkle Bruderschaft

„Die dunkle Bruderschaft, Luzifer"

Angeblich ist ihr Sitz nicht nur hier, sondern auch außerhalb des uns bekannten Universums, und ihr Alter ist nicht mehr nachvollziehbar. Es sind Illuminaten, Logenbrüder und Mystiker. Siehe auch der Film: „Die 9 Pforten" von Roman Polanski. Nachforschungen sind ebenso zwecklos wie gefährlich.

T-Shirt Druck

Motivwahl:

Die dunkle Bruderschaft Die Hexe von Gerresheim

T-Shirt Bestellung:

Partnerschaft für Bildung

„Freiheit beginnt im Kopf!"   Stephan Peters & Markus Berghahn

Seit Jahren bin ich begeisterter Leser und Hörer von Stephan Peters` Geschichten von den dunklen Mächten und Gestalten. Er hat mich für Lesungen begeistert, wie wir sie immer wieder genießen dürfen.

Stephan und ich lernten uns durch seine Lesungen kennen und stellten fest, daß uns eine ganz besondere gemeinsame Leidenschaft verbindet: Das Schreiben und das Lesen.

Stephan Peters schreibt unterhaltsame und anspruchsvolle Geschichten, die Leserinnen und Leser ansprechen.

Er schreibt und liest – ich lese und helfe gerne benachteiligten Menschen u.a. den Zugang zum Schreiben und Lesen zu erleichtern und ihnen das Lernen dieser Grundfähigkeiten zu ermöglichen. Helfen Sie dabei mit!

HISPI wurde 2020 unterstützt. Markus Berghahn besuchte die Gruppe

2015 habe ich eine gemeinnützige Stiftung gegründet. Ziel dieser Stiftung ist, wirtschaftlich, sozial und gesundheitlich benachteiligten jungen Menschen, den Zugang zur Bildung zu erleichtern und Hilfe zur Selbstentwicklung zu fördern. Helfen Sie mit einer Zustiftung. Die unterstützten Menschen werden es Ihnen danken!

Markus Berghahn

WISSEN SCHÜTZT!

BGHDUS Stiftung
Wissensstiftung
Markus Berghahn

Stiften Sie Heranwachsenden eine Lebensperspektive

Verschaffen Sie Ihrem Wunsch nach einer gerechten Welt eine Stimme.

Die Stiftung unterstützt nachhaltige Maßnahmen, die zur Befähigung zum Lernen und zur Annahme von Lernangeboten geeignet sind. Neben der Vermittlung von Grundfertigkeiten, wie Lesen, Schreiben und Rechnen sind ein gutes Allgemeinwissen sowie auch die Achtung menschlicher Werte sehr wichtig. Wir fördern gemeinnützige Einrichtungen und Einzelmaßnahmen, die gezielt dem Stiftungszweck entsprechen. Das können z.B. sein: Lernspielzeug, Schulungs- und Unterrichtsmaterialien, Kindertherapie, spezielle Ausbildungsangebote und sonstige Maßnahmen etc.

Damit die Stiftung eine starke Wirkung entfalten kann, brauchen wir auch Ihre Unterstützung.

Helfen Sie durch Ihre Zustiftung

Jeder EURO zählt!

Auch so können Sie uns unterstützen:

Ein Testament oder Vermächtnis zugunsten der BGHDUS Stiftung ist gelebtes Mitgefühl. Es stärkt in besonders nachhaltigem Maße das Wirken dieser Stiftung.

MARKUS BERGHAHN | Benderstr. 27 / 1. OG | 40625 Düsseldorf | Telefon 0211 2914 9547 | Mobil 0160 9051 2960
E-Mail: Kontakt@BGHDUS-Stiftung.de | www.BGHDUS-Stiftung.de
Rechtsform: Treuhandstiftung
Bank: IBAN DE22 3706 0193 0034 0000 69 | An: Erzbischöfliche Stiftung Köln
Verwendungszweck: z.B. Zustiftung BGHDUS Stiftung

JETZT NEU IM HANDEL

Ein Junge wird von dem Makler R. Winkler angefahren.
Der 7-jährige Daniel stirbt an den Folgen des Unfalls.
Die Ergebnisse der Untersuchungen des Unfalls lassen
Zweifel am Geschehen aufkommen.
Ingrid Born fordert die Todesstrafe, für den Mörder ihres Sohnes,
muss sich aber dem Gericht beugen.

Reinhard Winkler merkt schon bald, dass er verfolgt wird
und glaubt, dass die russische Familie der Frau es nun auf
ihn abgesehen hat. Seine Familie und sein Umfeld glauben ihm nicht.
Einzig Kommissar Biesenbach glaubt ihm und nimmt die
ersten Ermittlungen auf.

ISBN: 978-3-746795-03-4
Preis: 9,99 €

Gerrikuss

Magazin zur Stadtteilgeschichte

herausgegeben von der
Gerricus-Verlagsgesellschaft GbR

Fehlt Ihnen ein Exemplar?
Schreiben Sie uns unter vg@gerrikuss.de
oder fragen Sie einen unserer Händler:

*Mayersche (Benderstraße) • Gerresheimer Bücherstube
(Benderstraße) • photolounge (Gerricusplatz) •
Haushaltsfachgeschäft Mulder (Heyestraße) • Tabakwaren J.
Philipp (Heyestraße) • Schuhmacher D. Schümmer (Am Poth 1)*

Ab 7. 12.:
Ausgabe 12